居酒屋おやじが

タイで平和を考える

松尾康範

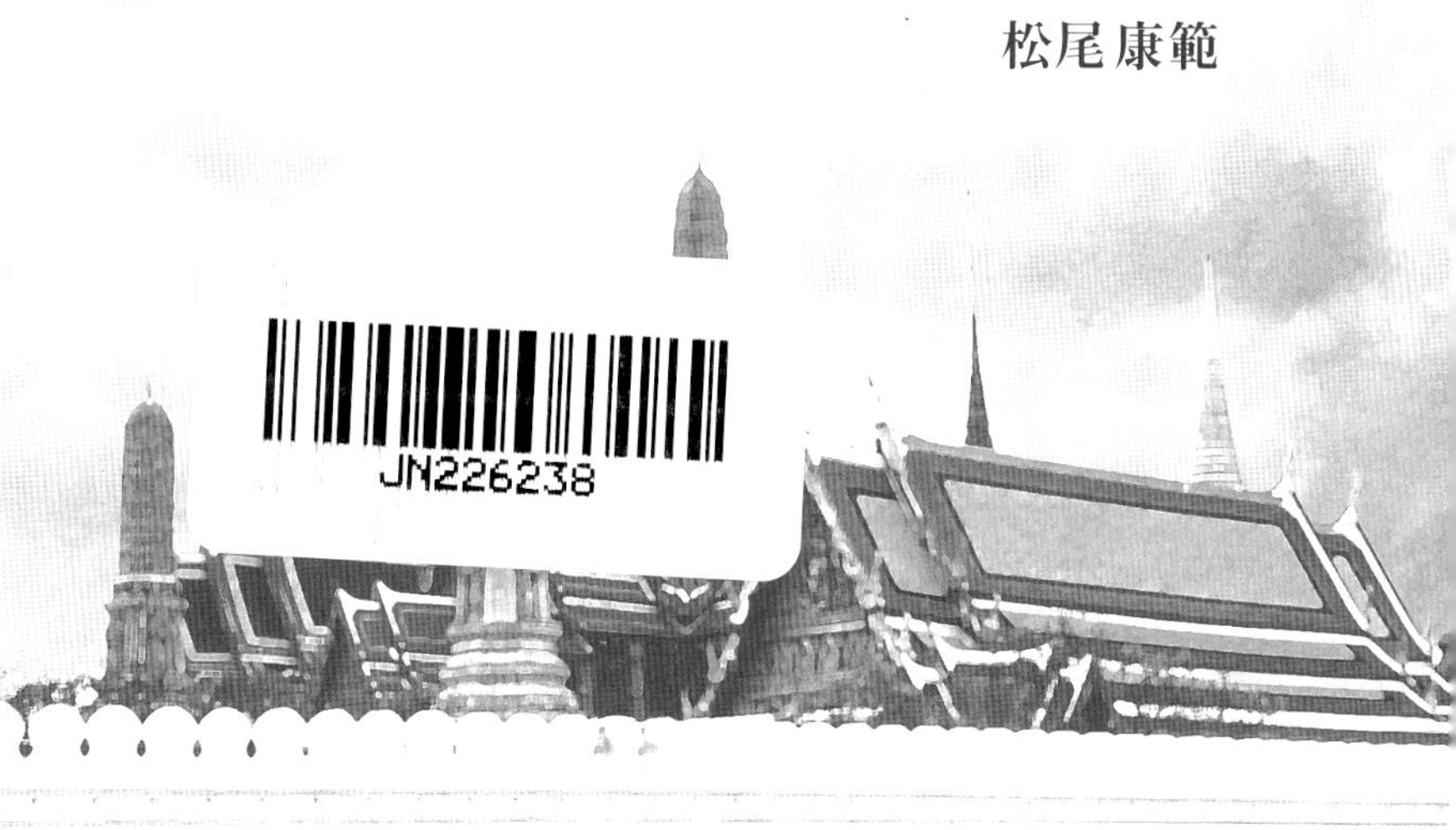

JN226238

コモンズ

はじめに

景気が悪化して影響を受けた業種の代名詞として、しばしばマスコミに取り上げられる居酒屋産業。一般社団法人日本フードサービス協会によると、居酒屋の市場規模はピークだった一九九二年の一兆四六二九億円から減り続け、ここ数年は一兆円程度。

とは言っても、飲兵衛が酒をやめたわけではない。激安居酒屋が貢献している。一〇〇〇円でほどよく飲める「せんべろ」酒場、酒もつまみも三〇〇円均一の三〇〇円居酒屋に続き、百円居酒屋も現れ、「食べ物込みで三〇〇〇円飲み放題」は、若者の飲み会にとって当たり前になりつつある。そこに外国からの安い輸入食材が一役買っていることは間違いない。

私もそんな食の世界に関わって三〇年、居酒屋を経営して一〇年の月日が経った。でも、飲食業一筋ではない。並行して、長くタイを中心とした国際交流の活動にも携わってきた。まったく違った業種と思われるが、共通点がいっぱいある。この本で紹介する東北タイで取り組んだ「地場の市場づくり」も、いま僕が営む居酒屋も、人と人、生産者と消費者を結び、豊かな食を守っていくことをコンセプトにしている。

二〇一七年一一月、アジア農民交流センター（Asian Farmers Exchange Center）のメンバーと一緒に、店を休業して一週間ほどタイに出かけた。タイは、日本の主要食料輸入国の一つだ。いつも店では冗談ばかりを言っている僕だが、その道中での出来事や物語に登場する仲間たちの経験を題材にして、ちょっと真面目に平和って何？ということを考えてみた。

この本の第5章にまとめた地場の市場づくりの活動内容や、物語の舞台である東北タイの歴史や文化、人びとの暮らし、最終章に登場するスースーバンドや「生きるための歌」などに関しては、二〇〇四年に出版した『イサーンの百姓たち』(めこん)のほうが詳しい。ご興味のある方は、是非そちらを読んでいただきたい。本書に関しては、タイのこと以上に、日本の農や食、お酒にまつわる出来事、今回の旅を共にした仲間たちが日本の各地域で取り組むユニークな活動の紹介に比重を置いている。

ただ、僕が尊敬し、会うと誰もが魅了されるタイの農民活動家バムルン・カヨターさんのことはどうしてもまとめておきたかったので、第3章に彼の波乱に満ちた人生を綴った。東北タイの片隅に、こんな素敵な人物がいるのだ。

タイトルに〝居酒屋〟と〝タイ〟が並べば、タイはお魚のタイのことだと思い、この本を手に取ってしまった方もいるかもしれない。そんなタイ国にもNGOの活動にも興味のない方にこそ、このタイへの旅を垣間見てほしい。農や食の世界が危ぶまれているいま、僕たちはこれからどんな生き方をしたらいいのか、どんな一歩を踏み出せばいいのか、この旅に登場する仲間たちが、その示唆を与えてくれる。

もくじ●居酒屋おやじがタイで平和を考える

第3章　闘う農民バムルン・カヨター　49

第4章　希望を紡ぐ日本の仲間たち　73

第5章　むらとまちを結ぶ市場　97

◆本書に登場する主な地名と旅の日程◆

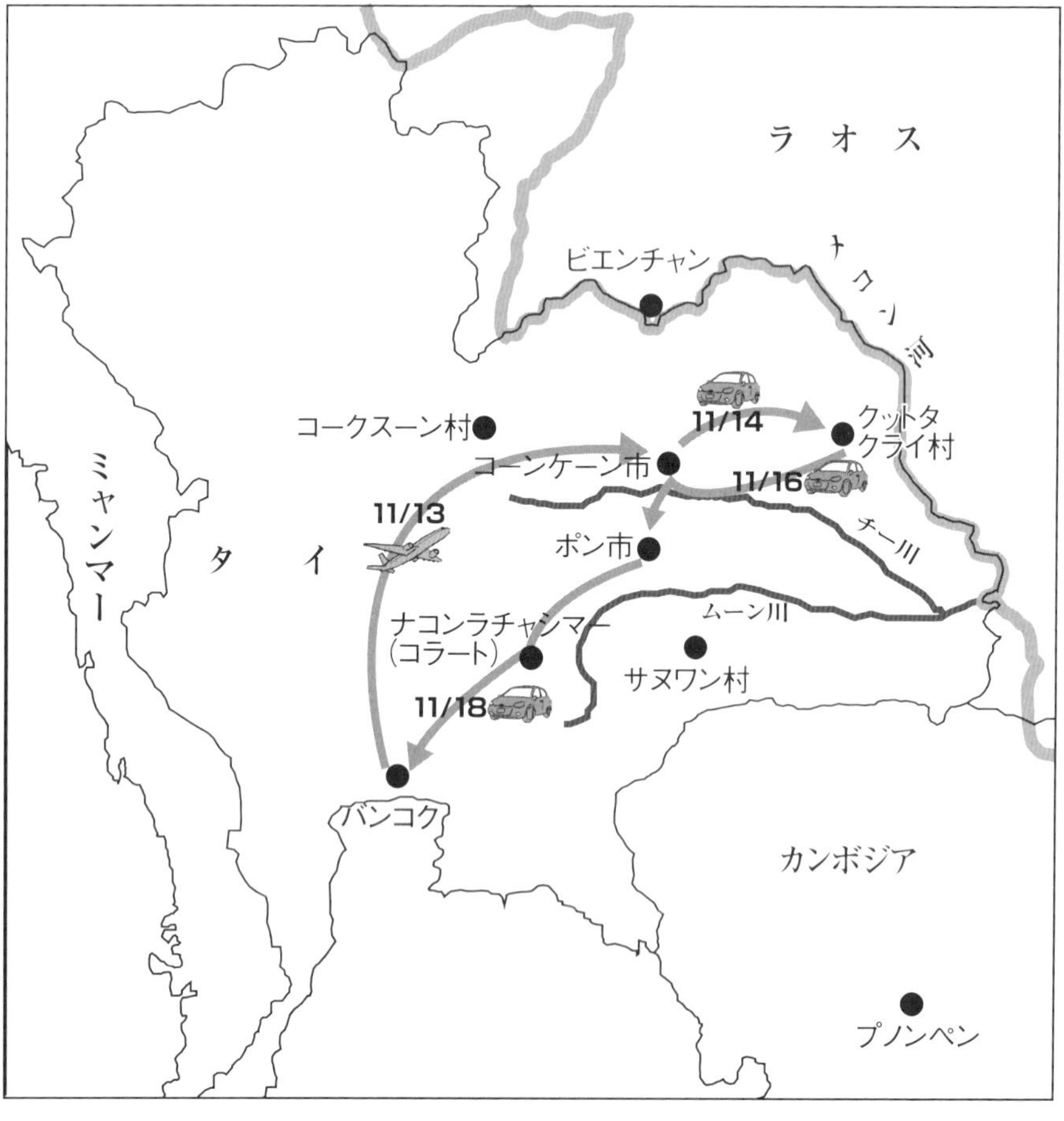

第1章　タイとの出会い

ムーン川。東北タイで流域面積が一番広く、メコン河の支流として最大級。東北タイの人びとの生活を支えている

タイに行く

二〇一四年五月二二日、プラユット陸軍総司令官による軍事クーデターが起き、タイはいま軍事政権下にある。一九三二年に絶対君主制から立憲君主制に移行した、いわゆる立憲革命から数えると、一九回目のクーデターだ。

そして二〇一六年一〇月一三日、一九四六年に即位し、タイ国民に愛され続けてきたプミポン国王が崩御し、タイ全土にその悲しみが覆いかぶさっていく。今回の旅の少し前の二〇一七年一〇月二五〜二九日に、本葬儀が執り行われたばかりだった。

絶大な信頼を得ていた国王の死去により、さらなる政治的な不安も懸念されているが、タイのもつ不思議な魅力を求めて、海外からの観光客は絶えない。日本からも年間一五〇万人前後が訪れる。彼らが訪れるのは、バンコク、アユタヤ、チェンマイ、パタヤ、プーケットなどの観光地がほとんどだが、今回の舞台となる東北タイは、そんな観光地とは無縁な地域。バンコクの友人からもよく、「なんで、あなたはイサーンのような僻地ばかり行くのか」と質問される。タイは、中央部、北部、南部、東部、東北部に分かれ、東北部のみシヴァ神を意味する「イサーン」という通称をもつ。

タイの面積は日本の約一・四倍で、イサーンはその約三分の一だ。人口は約六九〇〇万

旅の最終日に訪れた国王の火葬施設。仏教やヒンズー教の世界観の中心にそびえるメール山を模して、一年かけて造られた

人で、やはり約三分の一がイサーンに住む。首都バンコクや他の都市では、下働きをしている人たちからイサーン弁が聞こえてくる。

バンコクで乗り継いだ飛行機は、そのイサーンの中心都市、コーンケーン県コーンケーン市に向かって飛び立った。

思えば、そんなタイに関わって三〇年近くが経つ。

高校・大学とも寿司屋でアルバイトをしたことが、飲食業に関わったきっかけだ。そのころから、将来は居酒屋でも開こう、と考えていた。アルバイトといっても、休みは月曜日の定休日だけ。嫌になることもあったが、それなりに仕事は楽しかった。しかし、それ以上に、外に出る好奇心が勝り、漠然と海外の仕事に関わりたくなる。

一九八〇年代後半、誰もが予想することなく、東西冷戦の時代は終焉を迎えた。東欧の民主化、ベルリンの壁崩壊とヨーロッパが熱かったので、大学ではドイツのゼミを選んだ。一方で、アルバイトであるにもかかわらず、寿司屋の親父に、ボーナスとしてハワイに二回も連れて行ってもらった。

だが、ヨーロッパやアメリカは僕にとってはなぜか遠く、比較的身近なアジアに親しみを感じた。そして、大学三年生の一九九〇年に、日本国際ボランティアセンター(ＪＶＣ)というＮＧＯ(非営利組織)に出会い、ボランティアとして活動に参加するようになる。

大国に振り回される南の国々

ＪＶＣは一九八〇年二月、カンボジア、ラオス、ベトナムから流出した難民の救援活動をきっかけにバンコクで誕生。難民発生の根本的な原因と社会構造を問い、緊急救援や地域開発活動に各国で取り組んできた。

現在も、紛争のない社会を目指して世界の仲間たちと疾走している。活動地域はアジア、中東、アフリカの一〇カ国。さらに、日本国内でも東日本大震災の被災地支援に取り組み、常に現場の人びととの目線で動いてきた。そして、ボランティアという言葉を「自発的意志をもって、責任ある行動をとる」という積極的意味で団体名として用いている。

まったく無知のまま活動に参加して学んだことは、日本やその他の北の国の経済発展が南の国の人や資源に依存して成り立ち、地球規模の環境破壊が進み、豊かな地域に住む人びとが暮らしの舞台を失い、貧しくされている現実だった。先進国とか途上国という言葉はGDP（国内総生産）を基準とした言葉で、途上国とは非常に失礼な言葉だ。JVCでは、北の国と南の国と表現していた。

僕はJVCに、〝優しさ〟をもっている人たちが集まる団体と思って関わったが、やがて、そこに〝かっこよさ〟という言葉が加わった。広い視点をもち、地球人として生きている人たちに出会えたからだ。

当時JVCは、インドシナ難民を対象に活動していたので、スタッフの話や文章から、カンボジアの悲惨な歴史と現状を学んだ。元JVC代表で、現在は日本映画大学教授の熊岡路矢さんは、著書『カンボジア最前線』（岩波新書）で記す。

「思えば、カンボジアの国と人びとは、その『人のよさ』が裏目となり、四半世紀の間、国際政治のフィールドで、超大国や大国の都合によって蹴り回され、ぼろぼろにされた蹴球のようだった」

九世紀から始まるアンコール（クメール）王朝。その時代に造られた建築物を見ると、偉大な歴史を感じる。東北タイにも多くのクメール遺跡が残され、見事なものだった。しかし、カンボジアはアンコールワットが造営された一二世紀を最盛期として、縮小の歴史をたどっていく。タイとベトナムに挟まれ、領土はどんどん小さくなり、一八世紀には両国に服属される。

一八六三年にフランスの保護領となることで、カンボジアはかろうじて生き延びた。そのフランス保護領(フランス領インドシナ)の時代、一九四一年に一八歳の若さで国王となったのがシハヌークだ。彼は一九五三年に独立を宣言し、翌年のジュネーブ国際会議で国際的に独立国として認められる。シハヌークは「独立の父」と呼ばれた。

だが、少しだけ平穏だった時代は、長くは続かない。一九七〇〜七五年のロン・ノル政権時代、アメリカによる空爆によって多くの人びとが犠牲になり、史上類を見ないポル・ポトという独裁者を生むこととなった。一九七五年から三年九カ月間続いたポル・ポト時代、六〇〇万〜七〇〇万人の国民のうち、一〇〇万人単位が虐殺、飢え、病気で亡くなっている。家族、地域、そして国が、まさにボロボロの蹴球に成り果てた。その後もカンボジアは、アメリカや中国、ソ連(ロシア)といった大国に翻弄され続ける。

学生時代の僕は、戦争は過去のことと考え、テレビで映し出される他国の紛争に目を向けることもほとんどなかった。JVCに関わり、このカンボジアでの出来事を見たり聞いたりしたことで、戦争を現実の問題として深く受けとめられるようになる。

世界で起きている紛争は、「どうして宗教で対立するのだろう」「国の秩序が欠けているのでは」といった言葉で片付けられがちだ。しかし、実際のところ、ほとんどの国の紛争は、このカンボジアのように大国に振り回されて起こり、宗教がその国や大国の政治に利用されている。

行きの飛行機から眺めたメコン河。左側がラオスで、右側がイサーン

タイは日本の台所

カンボジアの話は衝撃的だったが、僕の関心はタイへと向かっていく。

ＪＶＣと出会った翌年の一九九一年、タイに二週間の一人旅に出かけた。このとき二日間だけ、当時ＪＶＣ東京事務所でカンボジア担当だった清水俊弘さんの出張に合わせて、バンコク事務所や、難民キャンプのあるカンボジアとの国境の町アランヤプラテートを案内してもらえる機会を得た。

前半は北タイ、後半は東北部に足を運んだ。タイ語がまったくできない僕を、タイの人たちは優しく受け入れてくれた。そして、バスの車窓からの農村の風景、道を横切る愛らしい水牛、メコン河とその対岸に見えるラオスの神秘的な山々……。タイは不思議な魅力に満ちあふれた国だった。

そのころ、よく耳にした言葉がある。それは「タイは日本の台所」だ。

一九八五年、日本の自動車産業がアメリカの自動車都市デトロイトを破壊するという批難のもとで、日本、アメリカ、イギリス、西ドイツ(当時)、フランスの蔵相と中央銀行総裁がニューヨークのプラザホテルに集まり、ドル高是正を目的に国際的な取り決めが結ばれた。いわゆるプラザ合意だ。その合意が円高の流れに拍車をかけ、日本に輸入食品が氾濫する。その代表が、タイからやってくる串刺しされた焼き鳥やエビ(ブラックタイガー)だった。

大規模な飼育場で、過密かつ大量に生産されたブロイラー。予防薬や抗生物質を与えられ、成長ホルモン剤によって無理やり大きくされた鶏は、タイの低賃金労働者によって解体され、仕分けされ、串刺しまで現地で行われる。

そして日本に輸出され、チェーン店の居酒屋やスーパーの惣菜部門を支えていた。一九七三年に日本への輸出を始めたタイ最大のアグリビジネスグループであるCP(チャルーン・ポーカパン)は、輸出を拡大していく。日本のブロイラーの輸入先のトップがタイになったのは、一九八七年である。

ブラックタイガーは、僕も学生時代に日常的に接していた。その養殖の弊害を知って、改めてバイト先の寿司屋で、冷凍エビが詰め込まれた箱の表示を見ると、そこには「タイ産」と表示されていた。

その箱に入ったエビを解凍し、一本一本串に刺す。茹でる前に、背筋を真っ直ぐ伸ばすのだ。中途半端に刺すと、仕上がったときに形が悪くなる。串の先が尻尾まで届くと、尻尾がピーンと広がる。その串刺しエビを沸騰した湯に通すと、黒が鮮やかな紅色へ変色する。

僕はそんな様子を見ながらの仕込みを、それなりに楽しんでいた。だが、養殖の実情を知ってからは、その仕込みがまったくつまらなくなってしまった。

ブラックタイガーの養殖は台湾で始まり、一九八〇年代にタイに導入された。汽水域（海水と淡水が混じる水域）で養殖されるため、まず汽水域に多いマングローブ林が破壊される。ブロイラーの飼育と同様に、養殖は生態系を無視して過密に行われ、地域の環境を破壊し、まわりの小漁民や小農民にも被害をもたらした。栄養剤や予防薬が多投された養殖池にはヘドロが堆積され、五年も経てば使いものにならなくなり、放棄される。

タイ中央部で養殖池の跡地を見に行ったことがある。中央部で行われていた養殖はやがて、東部、そして南部へ。その後、企業にとって都合のいい新たな国を求めて、インドネシアやインド、ベトナムなどで盛んになる。

現在、タイで養殖されているエビのほとんどは、比較的病気になりにくいと言われているバナメイだ。とはいえ、伝染病などの問題をかかえている。

ちなみに、農林水産省の「品目別貿易実績（二〇一六年）」を見ると、現在の日本のエビ輸入先（数量ベース）は、インド、ベトナム、インドネシア、アルゼンチンと続き、タイは五位である。

豊かなイサーンの変容

大学を卒業して二年経ったら、タイに一年は滞在しようと予定を立てた。結局、就職した小さな広告関係の会社を一年で辞めて、寿司屋に戻ってお金を貯めながら、タイ語を独学で学んだ。

イサーンから外国人労働者として日本にやって来ていた友人もでき、JVCやイサーンへの興味がさらに深まっていく。一九九四年、二四歳のときに、当時のJVCスタッフに無理やりお願いして、ボランティアとしてタイの農村に一年間長期滞在できることになった。イサーンの南部、カンボジアとの国境に面するブリラム県のサヌワン村にあったJVCのセンターに滞在して、農作業や日常の雑務を手伝いながら、たくさんのことを学ぶ機会を得たのだ。

イサーンは、タイで最も貧しい地域と言われていたが、一年間滞在してみて、どこが貧しいのかと率直に感じた。農民たちは食べ物を田畑で作り、家や田んぼの脇に生えた野草を摘み、農閑期には家の建て替えなどを仲間同士で行っていたからだ。僕は、生きる力をもった豊かな人たちに出会った。タイ語に衣食住医を表す「パッチャイ・シー(四依)」という言葉がある。彼らは、その大半を自分たちの力でまかなう能力をもっていた。イサーンの農村で見たのは、農民という層がもつ潤沢な心と強靭さである。

一方で、その豊かさが壊されていく現実があった。日本で一九六一年に農業基本法が施行され、農業の近代化が進められたころ、タイでも国家レベルの計画経済、いわゆる五カ年計画が導入され、農村部では外貨獲得を目的とした輸出指向型農業が進められた。森林が破壊され、ケナフやトウモロコシ、キャッサバなどの単一作物栽培がイサーンの農村各地にも広がっていく。キャッサバは家畜用飼料としてヨーロッパに輸出され、一九七〇年代には換金作物の中心となる。当時、EC(EUの前身)のキャッサバ輸入量の九〇%をタイ産が占めていた。

その後、一九八七年にECが自国農業の保護のためにキャッサバの輸入を制限し、それに代わってサトウキビが奨励される。ところが、大規模に取り組まれたサトウキビ栽培は、他の農作物に比べて化学肥料や耕運機などの支出が多い。価格も国際競争のもとで低く抑えられ、農民たちは年収の数倍にあたる莫大な借金をかかえた。

一面に広がるキャッサバ畑。こうした換金作物栽培によって、
農民たちの主体性や決定権は企業や政府に奪われてしまう

世界の主要砂糖輸出国は五つあり、タイはブラジル、インドに次ぐ三番目の砂糖王国だ。粗糖の最大の輸出先は日本で、日本の粗糖輸入先もタイが最も多い。その原料となるサトウキビを生産する農家は借金に苦しんでいる。

サトウキビの工場では、サトウキビの糖度を計った後に荷下ろしされる。工場には一〇〇〇台以上のトラックが並び、ピーク時には三日間以上も工場内で待たされる。各トラックには積載量を超えたあふれんばかりのサトウキビが積まれ、この時期はトラックの事故が絶えない。近年では、エタノールの製造やプラスチック製品の原料にも利用されている。

こうしたイサーンの豊かさの喪失は、村の人たちの土台となる環境の破壊、そして農民たちの借金の増大という形で、表面化していく。

ところでNGOとNPOって？

ＮＧＯの活動に関わっていると、「ＮＧＯって、なに？　ＮＰＯとどう違うの？」と聞かれる。

ＮＧＯ（Non Governmental Organization）は非政府組織の略。国連が社会活動に取り組む企業ではない民間団体を表す言葉として用い、現在も南北問題、平和、環境、人権などに取り組む団体の総称として使われている。自然災害や紛争後の緊急人道援助、地域開発に携わる現場型のＮＧＯもあれば、アドボカシー（政策提言）を主とするＮＧＯ、市民啓発（開発教育など）に関わるＮＧＯ、ネットワーク型ＮＧＯなど多種多様だ。ＪＶＣは、そのほとんどの活動を網羅する日本のＮＧＯの老舗と言っていい。

一方のＮＰＯ（Non Profit Organization）は非営利組織と訳される。一九九八年の特定非営利活動促進法（ＮＰＯ法）施行後に、よく使われるようになった。

この法律ができるまでは、ＪＶＣのような一定の規模の社会的団体でも法人化できず、財産や活動の責任を代表個人が負わなければならなかった。社会的に意味のある任意団体が法人格を得られる体制をつくろうとする動きが高まったのは、一九九五年の阪神・淡路大震災がきっかけである。震災ボランティア活動に携わるグループが個人の善意の範囲でしか活動できず、資金集めに苦労し、活動を継続できないという壁にぶつかったからだ。関係者の働きかけによって一九九五年二月、経済企画庁(当時)を中心に、「ボランティア問題に関する関係省庁連絡会議」を設立。法案化の具体的な動きが進められ、一九九八年三月に国会で可決された。

ＮＧＯとＮＰＯの違いに関して、国際的な一致した定義はないが、主に国際的な活動に関わるグループをＮＧＯと呼ぶ。国際協力ＮＧＯセンター(ＪＡＮＩＣ)というＮＧＯのネットワーク団体のホームページによると、日本の国際ＮＧＯは四〇〇団体を超えている。なお、タイでは国内で社会活動に取り組む団体もＮＧＯと呼ぶ場合が多い。

仲間たちとの旅が始まる

僕たちを乗せた飛行機が目的地であるコーンケーン市に着陸したのは、予定時刻の一一月一三日一九時三〇分を少し過ぎていた。タイの仲間が用意してくれた車で市内のホテルへ向かう。そこで僕たちの到着を待ち受けていたのは、森本薫子《かおる》さん。カリフォルニア州立大学を卒業後、東京でOL生活を送っていたが、二〇〇〇年にJVCの「タイの農村で学ぶインターンシップ」に参加した。そのとき僕はJVC東京のタイ事業担当で、面接員の一人だった。マーケティング・リサーチの会社に勤務した経験をもつ彼女が、こんなことを言っていたのを、僕は覚えている。

「新しい商品を作り、完成したら、ちょっと新しいアイテムを加えて次の新しい商品を作って、利益を求める。そんな企業のあり方に、疑問を感じるようになりました」

森本さんは二〇〇一年にJVCタイの現地スタッフとなり、そこで知り合ったコムサン・チャイタウィーブさんと〇七年に結婚。東北タイのムクダーハーン県で、「カオデーン農園」を営んでいる。三人の子どもと義母も一緒に住み、農を生業とするかたわら、JVCや日本とタイの交流のコーディネートも継続している。二〇一三年には、そんな生活の様子を『タイの田舎で嫁になる』(めこん)にまとめた。

二〇一五年には、JVCスタッフの下田寛典《とものり》さんとピーノーン・ラーニング・センター(P-nong Learning Center：PLC)を設立。農民やNGOだけでなく、タイの企業の人たちも巻き込んだ幅広い交流活動に取り組んでいる。

今回の旅の参加者は一二人と多かったため、僕以外に二人のコーディネート兼通訳をお願いした。その一人が森本さんで、もう一人が瀬戸山智絵さん。後に紹介するWE21ジャパンの活動に関わる瀬戸山祥子《さちこ》さんの娘さんだ。母親の影響からアジア農民交流センター

ようやく旅のメンバーがそろう。左手前が瀬戸山さん、右手前が森本さん

の活動に参加し、二〇〇七年にその仲間たちと東北タイ農民交流の旅に参加したことがきっかけでタイが好きになったという。二〇一一年にはチュラロンコン大学に語学留学し、翌年から約四年間、タイの日系企業で働いた。そして、なんとこの三日後に訪問するコーンケーン県ポン郡ノンウェーンソークプラ村の小学校に勤めるスリヤン・トンミーカーさんとめでたく結婚してタイに住むことになった。

コーディネーターも含めて一五人のメンバーがそろったのは、二時間の時差があるタイの現地時間で二一時三〇分を過ぎていた。参加者の自己紹介を兼ねて、ホテルの近くで夕食をとっているとと、予定より一時間遅れた別便で到着した中村良治さんが現れた。ベトナムから駆けつけてきたのだ。

ベトナム人の夫人に日本を一度は経験したいと言われ、二〇一六年春から一七年秋まで、横須賀市に滞在。アジアの匂いを感じたのか、偶然にも僕が営む居酒屋を見つけ、滞在中は常連となられた。中村さんは、MRI（磁気共鳴画像診断装置）やCTスキャナー、レントゲンなどの中古医療機器を日本から海外に輸出する貿易会社を経営している。

参加者たちは、これから一週間、イサーンの世界に酔いしれることになる。

都市の膨張

朝から遠慮ない日差しが突き刺さる。最終日のバンコクで少し雨が降ったが、それ以外は好天に恵まれた。だが、直前まではタイ各地で大雨による洪水の被害が相次いでいた。

タイでは毎年陰暦一二月の満月の日に、ローイクラトーンと呼ばれる灯篭流しの風習がある。二〇一七年は一一月三日前後に各地で開催されていた。この灯篭流しが終わると、ほとんど雨は降らなくなる。ところが、僕たちが来る一日前や帰国した翌日は雨が降ったという。

到着の翌日は、コーンケーン市内にあるスラムに行った。コーンケーン市には、登録上で一七万人が住むが、学生や短期労働者など住民登録されていない人びとが半分を占めるため、実際には三〇万人以上が生活している。

コーンケーンは一九六〇年代前半のサリット政権の時代に東北タイ工業化の中心地となり、八〇年代後半に発展が顕著になる。一九八八〜九一年に政権を握ったチャートチャイ首相は、その政策に「インドシナを戦場から市場へ」と掲げた。同首相はイサーンの玄関口であるナコンラチャシマー県(通称コラート)の出身。戦場だったインドシナ諸国を経済的に発展させ、そのルートの拠点となる東北タイの経済開発を積極的に進めた。インドシナ諸国の資源を自国の発展に結びつける政策をとったのである。

その後コーンケーンでは、インフラの開発に加えて工場や企業が増え続け、それにともない住宅街や病院、学校、ホテルなどが次々に建設された。そこで必要とされたのが、低賃金で働く労働者だ。労働力として農村からやってきた人の一部は、親戚などを頼りにして住まいを見つけられたが、ほとんどの低賃金労働者は家賃を支払うことさえできない。そこで、市内の西部を南北に走る鉄道の線路沿いに住まい(スラム)を形成した。現在も、一六のコミュニティに約一八〇〇世帯が暮らす。

スラムに住む人びとは、インフラ面、健康面、環境面、そして経済面と多くの問題をかかえながらも、コーンケーンやイサーンの発展を陰で支えている。市場や料理屋で働く人、建設現場の労働者、中古品を集めて販売する人など、仕事はさまざまだ。

相次ぐ大規模開発

僕たちは駆け足でスラムをまわり、イサーンNGOCOD（タイ東北部NGO連絡調整委員会）の事務所に移動した。

全国レベルのNGOCODが設立されたのは一九九五年。中央部、北部、南部、そして東北部と、大きく四つの地域に分かれて活動している。現在の会員は約六〇団体で、一一月八日に終えたばかりの二年に一度の総会には二五団体が参加したという。全国のNGOCODには、約三〇〇の組織が登録している。

NGOCODは、参加する各NGOの情報交換やネットワーク化の拠点だ。イサーンの場合、①自然資源、②オルタナティブ農業、③女性、④エイズ、⑤コミュニティ、⑥子ども、⑦消費者、⑧労働問題と大きく八つに分けて、活動に取り組む。今回の総会で組織体制を変え、委員長をなくし、事務局の若手世話人代表を二人選出した。若い世代にバトンタッチする意味で、二人が相談し合いながら活動する体制にしたのだ。

数人のメンバーに参加してもらい、約一時間イサーンの現状を聞く。組織の概要についてはベテランのアカニット・ポーンパイさん、イサーン社会の現状については、NGOCODの委員会メンバーで、環境保護活動に携わる女性ナタポーン・アートハーン（二八）さんが話した。

ナタポーンさんは、イサーン各地で進む大規模開発の例を次々に挙げた。まず、コーン・チー・ムーン計画。メコン河の水を東北タイの支流ムーン川とチー川に導水し、大規模な灌漑システムを造り上げるというタイ政府のプロジェクトだ。一九九〇年から始まり、半世紀近くを要する長期的な計画である。ムーン川もチー川も、メコン河の支流としては最大級だ。

一九九一年に世界銀行の融資を受けて、パークムーンダムの建設が着工された。このダムはムーン川がメコン川と合流する河口に造られ、一九九四年に完成した。そのほか多くのダム建設が計画され、イサーンの人びとの生活に欠かせない水資源や周囲の生態系が破壊され、建設地域に住む人びとの立ち退きも生じている。

ナタポーンさんは、ダム建設をはじめ自然資源の管理が政府に独占され続けてきたと、怒りを露わにしていた。その傾向は、二〇一四年の軍事クーデター以降さらに悪化しているという。政府(国家平和秩序維持評議会)によって、人びとの発言や行動の自由が奪われている。暫定憲法第四四条には、「市民の行動が国の安全保障を脅かすと判断された場合、国家平和秩序維持評議会に、その対応への全権限が与えられる」と定められている。五人以上の集会も禁じられた。

一九七一年に当時のタノーム軍事政権が自らクーデターを起こしたときも、五人以上の集会が禁止された。言論が統制されていた四〇年以上前に後戻りしていることをナタポーンさんは危惧する。

ローイ県やウドンターニー県では、金属やカリウムなどの鉱山資源開発が問題となっている。しかし、軍事政権の独裁によって住民たちは大きな声を上げられない。住民の意向は軽視され、政府と企業の思惑どおりに開発が進められている。

イサーンを農業地帯から工業地帯へ変える計画も進行中だ。各地にある経済特区で、大規模な開発プロジェクトが環境アセスメントの結果を待たずに推進されている現状が報告された。こうした開発にはインフラ整備が欠かせない。大メコン圏経済協力プログラム(GMS)が、東南アジア諸国連合(ASEAN)域内の自由貿易の促進を大きな目的として、アジア開発銀行(ADB)が音頭をとって一九九二年から実施された。中国の雲南省、ミャンマー(ビルマ)、タイ、ラオス、カンボジアを網羅するプログラムだ。

東西経済回廊はその一環として建設された道路である。ベトナムのダナンからラオスを横切り、ラオスのサバナケットとタイのムクダーハーンを結ぶ第二メコン友好橋からタイに入る。そしてコーンケーンを経由し、北部のピサヌロークを通り、ミャンマーのモーラミャインまでつながる。第二メコン友好橋が二〇〇六年に開通した時点で、ほぼ完成した。

農業については、相変わらず輸出志向型農業が進められている。二一世紀に入ってイサ

ゴムの木。近年、メコン河流域の中国、ラオス、ベトナムでも、主要換金作物として栽培が奨励されている

ーンで新しく奨励されたのは、天然ゴムだ。天然ゴムはタイ南部で長く栽培され、一九九〇年代には、インドネシアを抜いて生産量世界一になった。日本は大事な輸出先の一つで、ほとんどが自動車のタイヤに加工される。

ただし、天然ゴム栽培は木を植えてからゴムが採れるまで約七年かかるため、リスクは大きい。また、価格が合成ゴムすなわち石油の価格に左右され、非常に不安定だ。後に訪問したカラシーン県の村で聞くと、二〇一二年の一キロ八〇バーツ（一バーツ＝約三・四円）から、現在は二〇バーツにまで下落しているという。天然ゴム栽培で一〇万バーツの借金をかかえた農民にも会った。サトウキビに続いて、イサーンの農民たちの借金の原因をつくり出してしまっている。

イサーンの大地を走る

会議室の席に座っての話し合いを終えると、事務所の前のスペースで、交流を兼ねて昼食。食事というより、昼間から宴会だ。

ほろ酔い気分になった僕たちを乗せた二台のバンは、約二〇〇キロ離れたカラシーン県にあるバムルン・カヨタ－さんの村へ向かった。東に進むと、すぐにナムポーン川が道路を横切る。ナムポーン川はナタポーンさんが話したチー川に注ぎ、メコン河の直前でムーン川に合流する。お隣のラオスに流れる川のすべてがメコン河に流れるように、イサーンの川もすべてメコン河に注いでいる。バンコクはチャオプラヤー川のデルタ地帯に位置するが、東北タイは流域に六〇〇〇万人が住むメコン河文化圏に属する。

イサーンは標高一二〇～二〇〇メートルの壮大な高原だ。その緩やかな起伏をもつ大地に張り付くかのように、僕たちを乗せた車は走り続ける。

お酒が入っているのに、なぜか眠れない。窓の外をぼんやりと眺めながら、アジア農民交流センターと出会ったころを思い出していた。

第2章

日本の農業が歩んできた道のり

アジア農民交流センターのシンポジウムのために来日したバムルン・カヨターさん（右）と山下惣一さん。山下さんが住む佐賀県唐津市湊にて（1997年）

アジア農民交流センターとの出会い

一九九五年の夏、ＪＶＣのボランティアとして一年間滞在した東北タイから日本に帰国すると、日本では戦後五〇周年のイベントが催されていた。その場で農業ジャーナリスト大野和興《かずおき》さんの姿を見かけたので、僕は足早に近くに寄り、深く頭を下げた。

大野さんは、僕が帰国するちょっと前に、日本ネグロス・キャンペーン委員会（現ＡＰＬＡ）の活動地であるフィリピンのネグロス島の地域リーダーたちを連れて、タイの農民との南々交流に来ていた。南の人と南の人との交流を南々交流と呼ぶ。

ベレー帽に口髭、そして眼中に秘めた何かを見た当時のＪＶＣタイスタッフのサコン・ソンマーさんが、「こんな雰囲気を醸し出す人に出会ったことはない」と、初対面の印象を僕につぶやいた。そして、笑顔を浮かべながら大野さんのグラスに乾杯を求めたとき、僕もつられてグラスを持ち上げたことは忘れられない思い出だ。

大野さんは島根大学農学部を卒業後、日本農業新聞の記者として一〇年間働く。その後フリーとなり、農と食を取り巻く社会問題をテーマに、日本のみならず世界の村々を歩き続けている。そのころはアジア農民交流センターの事務局長として、タイやフィリピンを中心としたアジアの農村をまわられていた。

1940年生まれの大野さん（右）と田坂興亜さん（左）。二人そろって新しい世を興す！

当時、「むらとまちのオルタ計画（ＲＵＡ）」というＮＧＯがあった。日本ネグロス・キャンペーン委員会と（株）オルター・トレード・ジャパン（ＡＴＪ、一五五ページ参照）の関連団体である。このＮＧＯが解散するまでの二年弱、僕は共同代表の大野さんの下で働くことになった。将来的には居酒屋を営みたかったので、ＮＧＯに就職する気はなかったが、ＲＵＡには日本の農業者との交流事業があるという。そこに魅せられて、しばらく働くことを決意したのだ。

この大野さんとの出会いを機に、僕はアジア農民交流センターの活動にも参加。タイ、フィリピン、そして日本の農民交流に携わり、国境を超えて、人と人とが結ばれていく豊かさを味わうことができた。

アジア農民交流センターの設立は一九九一年二月。その前年に山形や佐賀に住む農民たちがタイの農村を訪れ、村々で農民や地域のリーダーと会い、交流した。そのときの交流記が、山下惣一さんの『タマネギ畑で涙して』(農山漁村文化協会)だ。その印税が基金となり、活動が始まった。以来、各国の農民や地域がもつ智恵の分かち合いを目的に、タイ、韓国、フィリピンなどの農民たちとネットワークを広げていく。日本側から海外を訪問するだけではなく、海外からのゲストを日本に招聘し、研修事業も行ってきた。

追い詰められた日本の農

アジア農民交流センターの活動の根本は、私たち自身の農と食を守ることである。なぜなら、私たちの食を取り囲む環境が危機的状況にあるからだ。日本の食料自給率がカロリーベースで三八%であることはよく知られている。さらに、こんなデータもある。

日本人の食料を確保するのに必要とされている耕地面積が約一七〇〇万haであるのに対し、現在の日本の耕地面積は四四四・四万ha(『農林水産統計(平成二九年版)』)しかない。三分の二以上の農地を海外に依存していることになる。その土地や水などの資源、人的資源、そして流通の手間に依存して、私たちの食生活は成り立っている。

　ブロイラーやエビを筆頭に、一九八〇年代後半から海外農産物の流入が加速し、タイや中国の安価な農産物が日本の農家の生活に打撃を与えた。では、果たしてタイや中国の農民は敵なのか？いや敵のはずがない。農民たちはどこでも同じ状況に立たされているにちがいない。この問いかけが、アジア農民交流センターの活動の出発点にある。

　そして、交流をしていくなかで分かってきた。農産物の自由化は食料の公正な分配を目的としているという人もいるが、実際にはそうではない。食料が不足している地域に食料は運ばれず、日本のような高く売れる国に大量に運ばれている。貧困の解決には、まったくなっていない。貧しいはずの日本がそのシステムによって、一見豊かに見せられている。

　自給率が四割以下の日本。では他国はどうか。農林水産省の資料で世界の食料自給率（二〇一三年）を見ると、アメリカ一三〇％、カナダ二六四％、ドイツ九五％、フランス一二七％、オーストラリア二二三％、イギリス六三％。こうした国々は自国における食料の確保の重要性を認識して農業を守ってきたが、残念なことに日本は、お金にならない農産物を切り捨ててきた。

　日本のＧＤＰにおける第一次産業の割合は一・二％。その第一次産業が日本の経済の足を引っ張っていると言われる。ところが、農業輸出大国アメリカのその割合は一・〇％（二〇一五年）とほぼ変わらない。また、日本の農業は甘やかされていると言われている。

だが、農業産出額に対する農業予算の割合（農業支援度、二〇〇五年）は、日本が二七％なのに対して、アメリカは六五％だ（『季刊地域』二〇一一年春号）。さらに農産物の平均関税率は、韓国が六二％、ＥＵが二〇％であるのに対して、日本は一二％とすでに非常に低い（二〇〇〇年、ＯＥＣＤ）。

日本の第一次産業は甘えるどころか、上からの政策に翻弄され、痛め続けられてきた。

敗戦後の日本を振り返る

日本が第二次世界大戦に敗戦した一九四五年は、まさに飢えからのスタートだった。東京・上野では、一日平均二・五人、多い日には六人の死者が出たという。この年の米の取れ高を示す作況指数（平均が一〇〇）は、六七にとどまっている。

一九四五年一二月、地主制など日本の軍国主義を支えた基盤を崩して、民主主義を根付かせることを目的に、連合軍総司令部（ＧＨＱ）のマッカーサー総司令官が「農地改革に関する覚書」を発表し、農地改革につながっていく。戦前の日本は、小作農三分の一、自作農三分の一、小作と自作のほぼ半々が三分の一という状況だった。農地改革で、農民たちは、一農家あたり約一ha（北海道は約四ha）の農地を得て自作農になる。大野さんが語る。

「上からの改革ではあるが、徹底した土地解放が無血で行われたケースは、世界史上奇跡的。これは、第二次世界大戦前から続く、小農民の要求である〝耕す者に土地を〟をスローガンとした農民運動の成果なんだよ」

大野さんは、三人兄弟の次男として一九四〇年に愛媛県で生まれる。父親を戦時中に戦病死で失い、母親は三人の子を高知県との県境に位置する四国山脈の奥深い山村で育てた。平地がほとんどなく、村の人たちは、一戸あたり二～三反（六〇〇～九〇〇坪）の田畑を基盤に、山仕事、炭焼き、養蚕、和紙の原料のミツマタ栽培などで、かろうじて生計を立てていたという。父親なしで三人の息子を育てた母親の苦労は、並々ならぬものであっただろう。

五歳で敗戦を迎えた。都会と同様に、山村でも子どもたちは腹を空かせ、栄養失調で赤ん坊をなくす家庭もあったそうだ。

「おとなたちがタバコを吸うのに火打ち石を使っていた時代に、戦争から戻って来た若者たちはライターを使うという、ある意味で面白い時代でもあった」

農地改革によって、土地を得た農民たちの地道な努力によって、一九四八年は豊作、五五年は大豊作だった。

だが、アメリカとの従属的な関係は続く。一九五四年に、日米相互防衛援助協定（MSA協定）を締結。アメリカの軍事援助と余剰農産物の小麦の処理をリンクされ、日本は五〇〇〇万ドルの小麦をアメリカから購入することになる。代金は円で積み立てられ、自衛隊創設など日本の防衛費増強や防衛産業の育成、在日米軍の維持費用などに充てられた。

同時に、日本人にパン食を馴らすために、一九五四年に成立した学校給食法には、給食の主食がパンであることが明記された。一九六九年生まれの僕たちの給食でさえも、主食は米ではなく、パンだった。学校の先生は、なぜパンなのか教えてくれない。単に持ち運びに便利だからかなとしか、子どものころは思っていなかった。

高度経済成長の陰で

アジア農民交流センターの共同代表を務める山下惣一さん。一九三六年に佐賀県唐津で、六人兄弟の長男として生まれる。一九七九年には小説『減反神社』が地上文学賞(家の光協会)を受賞し、直木賞候補にもなった。

山下さんは、「教育は家を潰し、村を滅ぼす」という父親の考えのもと、高校進学を許されず、朝は朝星、夜は夜星をいただく生活を子どものころから強いられた。大学入学資格検定を受けようとしたときは、田植えの時期と重なり、田植えをしながらその志を父親に伝えると、棚田の下の田んぼに突き落とされたという。

そして、二回の家出を試みたが、結論は村で生きるということだった。

「私はそこから逃げようとしている。しかし、私が逃げても、村も家も労働の日々も残る。逃げ出すのではなく、それを変えていかなければいけないのではないか」

山下さんは話を続ける。

「自分の行きたいところにも行けず、言いたいことも言えなかったそんな青年時代が、物書きの原動力だね」

一九六〇年、池田内閣の所得倍増計画の掛け声とともに、高度経済成長時代の幕が開いた。工業の発展を求める国策によって、農村の礎《いしずえ》となっていた人びとが、都会へ労働力として吸い取られていく。

「一九六一年から七〇年までの一〇年間に、田舎から都会へ、農林漁業から他産業に移った人の総数は八〇〇万人。年平均八〇万人が田舎からいなくなった。短期間にこれだけの人が移動したのは、世界史にも例がないというね」

農村からの労働力によって支えられた急激な経済成長は、東洋の奇跡とまで言われた。

一九六一年、山下さんの家にもテレビがやってきたという。農業基本法が制定された年だ。政府は、アメリカからの輸入農産物を減らす政策として、選択的拡大、生産・流通の合理化を目指す。農産物の大量生産と均一化である。工業製品のように、一つの地域で単一の野菜や果物が大量生産され、都会へ運ばれた。

山下さんは、農業近代化の申し子だった、と自身を振り返る。政府が推奨する米とミカンを作る農業経営の道を選んだ。しかし、ミカンは実がなるまでに一〇年かかる。その間、苗木代、肥料代、農薬代に現金をつぎ込むことになる。現金収入を増やすため、商品作物であるタバコも栽培した。ミカンがなかなか収入にならないうちに、政府の奨励もあってミカンを作る農家が増え続ける。たちまち生産過剰となり、ミカンの減反が始まった。タバコも輸入品が増えて価格が下がり、タバコの栽培を止めた。

ミカン農家が減っていけば、ミカンには可能性があるだろう、と山下さんはミカンを植え続ける。だが、そこにオレンジの輸入自由化（一九九一年）、オレンジジュースの輸入自由化（一九九二年）が待ち受けていた。オレンジジュースは、ミカンジュースの一〇分の一の価格で輸入されてくるのだから、かないっこない。

山下さんは、オレンジの自由化対策として出された減産奨励金を受け、とうとうミカン畑の伐採を決意する。だが、思いのあるミカン畑を自分自身で伐採できず、息子さんに任せて、タイに出かける。それが『タマネギ畑で涙して』の旅で、アジア農民交流センターの設立に結びついた。

下がり続ける米価

アメリカの対日貿易赤字を減らし、円高に誘導するプラザ合意が一九八五年に成立し、八六年にはＧＡＴＴ（関税と貿易に関する一般協定）の最終交渉となった多角的貿易交渉ウルグアイ・ラウンドが始まった。農業分野を中心に交渉は難航し、一九九四年まで八年に及ぶ交渉が続く。交渉を終始リードしたアメリカの圧力により、日本は米の自由化を迫られた。そして、米の関税引き下げか、ミニマム・アクセス（最低輸入量）の受け入れかを迫られ、後者を選択する。実質上の部分自由化を受け入れたことになる。

そのとき、不運にも日本を凶作が襲った。山背《やませ》と呼ばれる北東からの冷たい風の影響を受けた一九九三年、日照不足と冷夏が長引き、東北地方の稲作に大打撃を与えたのだ。度重なる台風も、列島各地にダメージを与えた。作況指数は七四を記録し、なかでも青森二八、岩手三〇、宮城三七。緊急輸入されたタイからのインディカ米が、日本人の口に合わないという理由で店頭に山積みとなり、廃棄されたことも話題になった。

米の部分開放が決定したのは一九九三年一二月。ミニマム・アクセス受け入れ初年度の一九九五年には、国内消費量の四％にあたる三七万九〇〇〇トン（精米換算）が輸入された。内訳は、アメリカ産一七万二五〇〇トン、タイ産九万五三〇〇トン、オーストラリア産七万七四〇〇トン、中国産二万八九〇〇トン、その他四〇〇トン、染色用米粉等の輸入割当枠四五〇〇トンだ。

一九九九年からは、ミニマム・アクセス米を廃止する代わりに、国境処置を関税だけにした。現在、米の関税は七七八％。一〇〇円で輸入された米が七七八円になる。

一方で減反は続き、米価の下落に稲作農家は苛立ちを隠せない。ミニマム・アクセス受け入れ以降、生産者の手取り価格は下がり続け、一九九五年には二万円（玄米六〇キロ）を超えていたが、現在は一万円を割るほどだ。農家は嘆く。

「四〇年前と変わらない米価だよ」

「米を作っても飯が食えない時代になった」

米一キロは六〜七合だ。ご飯茶碗にすると約一六杯分。仮に消費者価格を高めの一キロ五〇〇円としても、茶碗一杯三一円。日本の農業は甘やかされている、日本の米は高い、と言われる。だが、これが実際の価格である。

身土不二・市民皆農・百姓

山下さんがたどりついたのは、大きな政策に翻弄され、自殺者も出るような大規模農業ではなく、生きるための農業。そのスローガンは「身土不二《しんどふじ》」と「市民皆農《かいのう》」。

身土不二はもともと仏教用語で、身体と土は一つのものであり、切り離せないという意味だ。同時に、人間がかつて行動していた三里（約一二キロ）四方の食べ物、すなわち気候風土に合う食べ物を食していれば、身体のバランスが保たれるという意味をもつ。この言葉をテーマに食文化を守っている料理家も多い。山下さんは、日本全国に広がる地産地消の運動と直売所の火つけ役となった。

そして「市民皆農」。中島正さんとの共著『市民皆農』（創森社）の終章で山下さんは、「自由に生きるために百姓に戻ろう」と呼びかけ、百姓の定義をこう定めている。

①自分の食い扶持は自分で作る。②命を人任せにしない。③カネに縛られない。④他人の労働に寄生しない。⑤自立して生きる。

そして、こうまとめる。

「社会が不安定になり、確かなものがない時代だからこそ、揺るぎない土台の上にしっかりとした暮らしを築きたいという若い世代の願望が農業に向かっていることは間違いなく、私も相談を受けます。私は『半農半X』でも『年金プラス農業』『週末農業』でもなんでもかまわない。ただ、農業で儲けようなどとは考えるなとアドバイスしています」

それすなわち、「市民皆農」だ。

日本の都会の変容

タイの仲間が来ると、都会の発展の陰の部分も見てもらうために、横浜にある寿《ことぶき》支援者交流会の事務局長・高沢幸男さんに、よくお世話になる。寿支援者交流会は一九九三年の設立以来、路上生活者や寿町に住む労働者と社会を結ぶ役割を担ってきた。高沢さんは学生時代から、この活動に携わっている。

東京の山谷、大阪の釜ヶ崎と並び、日本三大寄せ場のひとつ寿町。約一二〇軒の簡易宿泊所が立ち並ぶ。江戸時代に開墾された吉田新田の跡地で、周囲にも縁起のよい地名が多い。第二次世界大戦後アメリカ軍に接収され、一九五五年に接収が解除されるまで、空白の時間が続いた。

一九五七年に職業安定所が寿町に移転され、港湾労働者が多く住む簡易宿泊所街(通称：ドヤ街)が形成されていく。高度経済成長による農村から都会への労働力の移動に加え、「石炭から石油へ」という「エネルギー革命」によって炭鉱労働者の多くも単身で都会へ流れ、高速道路や新幹線はじめインフラを整備する、劣悪な条件の仕事を担った。寿町には多くの単身者が住む一方で、港湾荷役の求人が多く、定住して日雇い労働ができるという特性もあったため、家族連れも多く居住する。

高沢さんの話は何度か聞く機会があった。

「日雇い労働を長く続け、不況になって仕事が少なくなって野宿に至るというのが、普通の人がいだく野宿生活者のイメージでしょう。でも、実は違うということが実態調査から明らかになりました」

一九九二年にバブルが崩壊した。政府は景気対策としてインフラ事業に力を注ぐ。だから、景気が悪くなっても公的な求人があり、建築土木労働が極端に減ったわけではないという。五年後の一九九七年、七月のタイバーツの下落をきっかけにアジア通貨危機が起こ

表１　野宿生活前の仕事

<table>
<tr><th></th><th></th><th>神奈川
（2001年
２月）</th><th>全国Ⅰ
（2003年
２月）</th><th>就労
（2004年
５月）</th><th>全国Ⅱ
（2007年
１月）</th><th>全国Ⅶ
（2012年
１月）</th></tr>
<tr><td rowspan="4">直前の職業</td><td>自営など</td><td>7.9%</td><td>6.2%</td><td>8.9%</td><td>9.3%</td><td>6.3%</td></tr>
<tr><td>常勤職員</td><td>38.8%</td><td>39.8%</td><td>47.0%</td><td>43.2%</td><td>42.0%</td></tr>
<tr><td>日雇い</td><td rowspan="2">53.3%</td><td>36.1%</td><td>24.4%</td><td>26.2%</td><td>25.8%</td></tr>
<tr><td>パート・アルバイト</td><td>13.9%</td><td>11.9%</td><td>19.4%</td><td>24.0%</td></tr>
<tr><td rowspan="4">最も長く携わった職業</td><td>自営など</td><td>11.8%</td><td>9.3%</td><td>9.6%</td><td>10.3%</td><td>8.1%</td></tr>
<tr><td>常勤職員</td><td>57.2%</td><td>56.7%</td><td>63.5%</td><td>59.7%</td><td>57.6%</td></tr>
<tr><td>日雇い</td><td rowspan="2">30.9%</td><td>23.3%</td><td>15.6%</td><td>17.3%</td><td>18.5%</td></tr>
<tr><td>パート・アルバイト</td><td>7.8%</td><td>7.8%</td><td>11.2%</td><td>14.4%</td></tr>
</table>

（出典）神奈川（神奈川県実態調査）、全国Ⅰ、全国Ⅱ、全国Ⅶ（厚生労働省全国調査）、就労（神奈川県就労ニーズ調査）。

る。日本には終身雇用制の崩壊という形で影響が及び、リストラの嵐がやってきた。

「終身雇用を守っていては会社がもたないと、リストラを行ったわけです。そして、解雇した人たちの代わりに海外のより安い労働力を確保することによって、日本は強い国際競争力をもつことに成功しました。一方で、日本人の雇用のパイは減少し、多くの失業者が生み出される。転職しづらい中高年層が、失業者の最も過酷な形である野宿生活者として、路上に送り出されてしまったのです」

一九九八年前後から、全国の野宿生活者数は激増した。企業に忠誠心をもって常勤で働いていた人たち、日雇い労働経験のない人たちが、いきなり野宿生活者になったのだ。「スーツホームレス」という言葉も流行ったが、実際には工場労働者が多かったようだ。高沢さんの資料(表1)がそれを立証している。長期にわたって不安定な日雇いなど非常勤の仕事をしていた人たちは約三割にすぎない。安定していると言われる常勤職員や自営業の人たちが野宿に至っている。

また、表1の三つの全国調査の平均年齢は、五五・九歳(I)、五七・五歳(II)、五九・三歳(VII)。五〇～六四歳が、六五・七%(I)、六二・九%(II)、五四・九%(VII)を占める。

「野宿生活前の職業を見ると四割前後が常勤職員で、年齢層は五〇～六四歳。つまり、年金をもらえる前の層であることが分かります。年齢的に仕事を見つけることが難しく、社会保障も受けにくい、雇用と福祉の谷間の世代が野宿している。つまり、野宿生活者は社会的に生み出された存在なのです」

高沢さんは、日本型セーフティネットは公的なものではなく、企業の終身雇用制や福利厚生、血縁などによるものだったと強調する。一九九九年の労働者派遣法の大改正によって、多くの職場に非正規労働者を送り込めるようになり、リストラに拍車をかけた。現在では、企業で働く人たちの四割が非正規労働者になり、その不安定な雇用が生活の不安定な労働者を新たに生み出している。

都市と農村の問題が同時並行で起こり、地球規模の北と南の間の問題は都市と農村の問題でもあることがうかがわれる。

第3章

闘う農民
バムルン・カヨター

ネパールのポカラで開催された農民国際会議で、議長を務めたコイララ元首相(左)と握手を交わす(2005年)〈写真提供:バムルン・カヨター〉

メコン河を渡って来た人びと

左手にプーパン山脈が見えてきた。まもなくだ。

プーパン山脈はイサーンの活動家にとって、かけがえのない聖地と言っても過言ではない。多くの活動家がここに集結し、民主化運動の拠点となった。一九五〇年代に反体制の論文や詩を書いたことで知られる活動家チット・プーミサックは、この地で撃たれた。

車が右折し、プーパン山脈を背後にしばらく走ると、目的の村が見えてきた。カラシーン県ナーク郡サーイナワン区クットタクライ村。イサーンの人たちの祖先のほとんどは、ラオスからメコン河を渡って来た。この村の祖先も、ラオスに居を構えていたタイ語系民族のプータイ族だ。

もともと中国雲南地域に住んでいたタイ語系民族は、八世紀以降にいまのタイやラオスがある地域を中心に南下してきた。一八世紀後半〜一九世紀前半、トンブリ王朝からチャクリー王朝の時代にかけて、タイ(シャム)とラオス(ラーンサーン三国)の戦いが続く。当時ラオス側にいた人たちの八割がメコン河を渡って、イサーンに移住することになった。

このクットタクライ村には、タイや世界の仲間たちから「ヨーさん」と呼ばれ親しまれている、バムルン・カヨターさんが住んでいる。

ジェンウェンさん（右）がアジア学院に研修に来ていたときに来日したヨーさんと（2009年）
〈写真提供：カヌンニット・ポンカヤンさん〉

ヨーさんは前夜にバンコクで行われた会議を終え、コーンケーン着の長距離バスに乗り、コーンケーンで僕たちと合流していた。到着を待ち受けていたのは、ジェンウェンことカヌンニット・ポンカヤンさん。一九八一年生まれの彼女は、サコンナコン師範大学で地域開発を学び、卒業後は出身地のこの村に戻り、ヨーさんのもとで働く。二〇〇九年には、栃木県那須塩原市にあるアジア学院に一年弱留学する機会を得た。

アジア学院は一九七三年に設立され、アジアやアフリカの農村地域から農村指導者を受け入れ、座学だけではなく、土に触る実践的な学びの場を提供している。今回の旅の参加者のひとり田坂興亜さんはアジア学院の校長を務めた経験があり、いまも活動をサポートしている。

ジェンウェンさんは、帰国後もヨーさんの秘書的な仕事を巧みにこなしてきた。ヨーさんに対して強くはっきりとした意見を言えるのは、彼女ぐらいだ。農村で地域づくりを進めるとき、彼女のような存在は欠かせない。

やんちゃな子ども時代

僕が初めてヨーさんの姿を見たのは一九九四年で、タイのテレビ・ニュースだった。当時すでに、闘う農民リーダーとして、全国に彼の名は知れ渡っていた。ここ数年ですっかり白髪に変わり、老眼鏡をかけてはいるが、その迫力はまだまだ健在だ。

ヨーさんは一九五一年八月八日、父カムパーさんと母スックシーさんの間に、八人きょうだいの二番目として生を受ける。父は村の小学校の先生だった。ヨーさんの一族は、祖父にあたるカムパーさんの父の時代にラオスから渡って来て、祖父が初代村長となった。

子どものころは、とてもやんちゃで頑固。何をするにも他の子どもたちとは違っていて、目立つ存在だったという。小学校四年まで村の学校に通い、中学校一年までカラシーン県の県庁所在地で学んだ。中学二年生からは、兄のいる隣のクチナーラーイ郡ブアカーオの学校に通った。学校が終わると、生活費を稼ぐために、ブアカーオから周辺の村まで、アイスクリームの屋台販売をしたという。村の人たちが初めて見るアイスクリームだ。学校の休みに村に帰る機会があると、田畑や家の仕事をしゃかりきに手伝っていたという。じっとしていることができない性格は、天性らしい。

中学校卒業後は、コーンケーン市にある技術学校で勉学を続ける。一見風変わりではあるが、何事にもひたむきに取り組んだ。コーンケーン市でも、学費や生活費を工面するために、サムロー（三輪自転車）を借りて、中学校時代と同様にアイスクリームを販売した。新しい物や変わったことが大好きで、約二〇〇キロ離れた田舎の村まで、自転車で帰ることもあったという。僕たちが通ってきた道だ。

先生に言われたとおりに従うことは嫌いで、仲間たちともしばしばケンカした。あるとき、賭け事をしていたと疑われて先生に殴られ、疑われた悔しさに殴り返してしまう。見事に退学だ。一九七〇年にノーンカーイ県の技術学校に移り、ようやく卒業した。

「血の水曜日」そして村へ

卒業した翌年の一九七一年、生活費を稼ぐために、バンコクにある日本人オーナーの機織工場に就職した。時代は政治の熱い季節。一九七二年には、タイ全国学生センター（ＮＳＣＴ）による日本商品ボイコット運動が展開された。

サラブリー県にあるタイセメントに転職した一九七三年、一〇月一四日の政変（「血の日曜日」事件）が起こる。一九六三年から続くタノーム首相とプラパート副首相の軍事独裁政権に嫌気がさした学生や活動家たちは、民主化要求のデモを繰り広げた。これに対して一〇月一四日、民主化運動の舞台となったラーチャダムヌン通りで軍が発砲し、政府発表でも七七人の市民が命を落とした。この後タノームとプラパートは国外に逃亡し、民主化運動側が勝利する。

そうした時代背景のなかでヨーさんは、労働者の権利、賃金要求や福利厚生を求める労働運動に携わり、家族に還元しなければならない報酬もその活動費に充てた。しかし、運動に統一した戦略がなかったこともあり、なかなか結果に結びつかない。意気消沈しているとき、気分転換に労働運動仲間の家に遊びに行くと、農園に多種多様な植物が育てられていた。自分の家を懐かしく思うと同時に、そうした多様性をもった農業に新しい道を見出した気分になったという。

一九七三年の民主化運動は成功したかに思われたが、市民と政府側との緊迫は続いた。一九七五年には、カンボジアでポル・ポト独裁政権が生まれ、ベトナムではサイゴン（現ホーチミン）が陥落し、ラオスでは王制が廃止されて共産化する。周辺国の相次ぐ政変に、タイ政府は、タイが共産化することを恐れた。

そして一九七六年一〇月六日、「血の水曜日」事件が起こる。タノームとプラパートの帰国反対運動が高揚するなか、民主化運動に関わっていた労働者二人が九月に殺され、タイ全国学生センター主催で、彼らを追悼する劇がタマサート大学構内で一〇月四日に開催された。その際、出演した役者の顔が皇太子の顔に似ているという理由で、警察と右派団体が学生たちを攻撃し、無差別に発砲したのだ。数千人の市民と学生が逮捕され、命を落とした活動家は二〇〇人以上にのぼる。

危うく難を逃れた学生の一部は命を守るために、タイ各地の森に拠点を設けて反政府活動をする共産党と合流した。ヨーさんの身も危険な状況のなか、仲間と一緒に森に行くことも考えたが、弟たちを養わなければならない。翌年の「パンサー」と呼ばれる安居《あんこ》の時期（僧侶が集団で修行する期間）に、村に戻って出家した。仏教国のタイでは、成人した男性は出家をすることで一人前になり、母親へ恩返しすると信じられている。七月のカオパンサー（入安居）から一〇月のオークパンサー（出安居）までの三カ月間、短期的に出家する男性が多い。

出家を終えたヨーさんは、再びサラブリー県に戻って働き、その一年後に本格的に村に戻る。一九七九年にシーパノム（通称ティム）さんと結婚し、両親から相続した一一ライ（一ライ＝〇・一六ha）の農地で複合農業を始める。四ライに米を作り、そのほか果樹や野菜を栽培し、鶏やアヒルを飼い、池を掘って魚も養殖した。

複合農業

一九六〇年代に始まった外貨獲得を目指す政策はその後も続き、ほとんどの農家が換金作物栽培に突き進んでいく。その一方で、当時は変わり者と言われたごく一部の農民が複合農業を始めていた。多くの農民が換金作物を作るなかで、その変わり者たちは鍬を片手に、黙々と農地に池を掘り始めた。現在は機械で池を掘るが、当時は農民たちの手によって掘られたのだ。

イサーンの年間降水量は一〇〇〇〜一二〇〇ミリ。そのほとんどが半年間の雨期に降る。一〇月末から四月まで続く乾期には、まったく雨が降らない日が続く。雨期でも雨が降らない日もあるが、降ったときの雨は「これでもか」といった勢いで農地を叩きつける。同じ地域で干ばつと洪水が起き、村の人たちを困窮させる。日本の農業は雑草との闘いと言われるが、タイの農業は水との闘いである。

数億年前、この地域は海だった。海底が隆起してイサーンの大地をつくり出したのだ。それゆえ、大規模な灌漑システムを造成すると塩害にさらされる。代わりに、雨期に降った雨を乾期まで確保できる程度の池を掘る。

池の水を利用して、たとえば唐辛子や空芯菜、在来種の葉物といった野菜、パパイヤやバナナなど短期間で育つ果樹を植える。とくにバナナはパイオニア樹（初めに植える樹木）として、真っ先に植えられる。好日性で、乾期でも育ちやすく、一年もかからず実をつけるからだ。そのバナナがつくり出した木陰に、マンゴー、ジャックフルーツ、タマリンド、タガヤサン（マメ科。比較的育ちやすく、木材として使用できる）など、大きくなるまで時間がかかる樹木を植える。それらの木が大きくなったとき、バナナは役割を終える。このほか、近くの山から採ってきた山草も植える。

ヨーさんは、会議や活動でさまざまな地域を訪れたとき、必ず種や苗木をもらったり買ったりしてきて、試しに自分の農地で育ててみる。農園には、海外からもってきた植物も多く植えられている。

池で飼われる魚は自給用としてタンパク源になるだけでなく、販売もする。魚の糞が混じった池の土は、畑の肥料として活かされる。そして、鶏やアヒルのほか、豚や牛、水牛も小規模に飼う。池の魚も加わった有畜複合農業だ。まずは、自分が食べ、余剰作物をおすそわけし、さらに販売する。たとえば、米やサトウキビだけしか作らない単一栽培では、その収穫時期にしか収入が得られないうえに、価格暴落に左右されやすい。複合農業なら、年間通じて収穫物があり、生活の多様性と柔軟性に結びつく。

小規模養鶏。こちらも鶏糞が堆肥となり、農園の循環を
支える。右側のタンクで自家製の液肥がつくられている

農園はまるで自然の動物園！

複合農業は、昔あった森のような光景を蘇らせるだけではなく、農民たちの多様性を取り戻し、換金作物とは違った安定した収入をもたらす

複合農業の要となる池には魚が養殖され、
周りには多種多様な植物が育てられている

豚舎の床はコンクリートではなく、オガクズと土が積み重ねられ、豚の糞尿が質の良い堆肥になるよう工夫されている。韓国の自然農法家の超漢珪(チョ・ハンギュ)さんから学んだ技術

農民の団結

ヨーさんは自分の農地で複合農業に取り組むと同時に、地域の開発にも関わり始める。「血の水曜日」事件以降、活動家が捕まったり、森に入って共産党と合流したりして、農民運動が下火になっていた。そこでヨーさんは、農民の草の根からの力の底上げのために動きだす。若い世代を集め、サーイナワン区稲作農家グループを立ち上げ、稲作に力を入れていく。

一九八二年にイサーン全土で大干ばつが起き、ヨーさんの地域でも稲作農家であるにもかかわらず、食べる米が不足する事態が起きる。ヨーさんは県知事や資本家、海外のNGOへ支援を呼びかけ、米銀行を設立した。一般の業者の場合、米を一〇トン借りたら、半年間で一五トンを返済しなければならない。ヨーさんたちがつくった米銀行では、一二トンでよい。一九八三年には、現金収入の一つになる養豚を広げるために、カラシーン県養豚協同組合を設立した。

一九八〇年代に入ると、共産主義者の取り締まり政策が緩和されたこともあり、多くの活動家が森から出てきた。タイのNGOワーカーには、森での活動の経験者や、その活動の支援者が多い。ヨーさんはそんな仲間たちとも連携し、そのネットワークを活かして、主にヨーロッパのＮＧＯから資金的な援助を得るようになった。

世界の農民たちとの出会い

一九八四年にはヨーロッパのタイ農村調査プロジェクトに協力し、ヨーさんはその一環で逆にヨーロッパに視察に行く機会を得る。ドイツ、フランス、オランダ、ベルギーの農民たちと交流し、どの国でも同じような立場に立たされている農民の姿を見た。イサーンの小さな村に生まれたやんちゃな男の子は、世界に視野を広げた国際人として羽ばたいていったのだ。

村にとどまる決意をしたヨーさんだが、一九八六年に再びバンコクに行き、人民の力（ＰＯＰ：People's organization for power）の活動に参加する。ＰＯＰは人材育成と研修を目的とする組織で、ヨーさん自身もリーダー研修でフィリピンに六カ月滞在した。そして、その滞在が運命的な出会いを生んだ。

この年マニラで「フィリピン小作農民と連帯する国際会議」が開かれ、置賜《おきたま》百姓交流会（山形県）の世話人代表として、現在のアジア農民交流センター共同代表の菅野芳秀《かんのよしひで》さん（第4章参照）が参加した。菅野さんが英語の会議に飽き飽きして会場から外に出ると、鋭い眼光の男がいた。それがヨーさんだった。フィリピン滞在中のヨーさんは、タイ農民の代表として、この会議に出席していたのだ。菅野さんは、タイからの参加者だと分かるやいなや、社会派ソングループのカラワンバンドを思い出し、こう話しかけた。

「Do you know "CARAVAN?"」

カラワンバンドは、第8章で紹介する「生きるための歌」の先駆者だ。

「まさか、そのときの出会いが三〇年の付き合いになるなんて、思ってもみなかったよ。彼の運動はタイのみならず、日本の私たちにも大きなインパクトを与えてくれた」

菅野さんは、アジア農民交流センターの運動が源流から湧き出た瞬間を振り返る。

三年後の一九八九年、ＰＰ21（ピープルズ・プラン21）という国際民衆行動が行われる。舵を取ったのは、市民の視点から世界の情報の発信と調査研究に力を入れるＮＧＯ・アジア太平洋資料センター（ＰＡＲＣ）だ。海外からも多くのゲストを招き、日本各地で、農業、女性、先住民、労働問題などに関して活発な論議を繰り広げ、水俣宣言がまとめられた。ＰＰ21は一九九一年にタイ、九六年にはネパールでも開催された。

菅野さんは置賜百姓交流会の世話人の一人として、農業を担当することになる。フィリピンで出会ったヨーさんが忘れられず、会議に招こうとしてタイに連絡すると、なんと彼は日本に滞在しているという。

ヨーさんは、ＰＯＰを通じてアジア学院で一年弱の研修に参加していたのだ。菅野さんはアジア学院に、ヨーさんのＰＰ21への参加をお願いした。決められた研修内容があり、ヨーさんだけを研修期間中に外部に出すというのは、組織としては難しい。しかし、アジア学院はＰＰ21の趣旨を理解し、特別参加を認めた。それがきっかけとなり、アジア学院では毎年、置賜百姓交流会が活動する地域の視察を研修内容に入れている。

防弾チョッキを身に着けて

アジア農民交流センター誕生のきっかけとなった一九九〇年の旅を受け入れたころ、ヨーさんはイサーン農民運動の中心人物として、タイ全土を奔走していた。

政治の混乱が、さらに彼のカリスマ性を必要とさせる。一九九二年五月、バンコクで流血の惨事が起こる。一九九一年にスチンダー陸軍司令官がクーデターを起こして権力を掌握し、九二年には首相に就任する。民主化を望む市民は、即時退陣を求める抗議活動を起こした。そのデモ隊に軍が発砲し、三〇〇人以上が犠牲になったのだ。プミポン国王がスチンダー首相と民主化運動の指導者のひとりであるチャムロン元バンコク知事を王宮に呼び、事態を収拾した。その様子は各国のテレビで放映され、タイ国王の政治的影響力の強さが世界に知れわたる。

そのころ、ユーカリの植林問題がクローズアップされていた。タイで植林されたカマルドレンシスという品種のユーカリは五年で七～八メートルにもなり、経済林としては最適だ。しかし、単一栽培のユーカリは短期間に土の栄養分を奪い、大量の水分を吸収する。そのため、下草が生えにくくなり、土壌流出の原因にもなる。そして、このユーカリ植林はイサーン各地で、農民の立ち退き、軍と農民の衝突を引き起こしていた。

タイ政府は一九八七年、「イサーン・キィオ（緑のイサーン）」政策を打ち出す。そこでは、一九八五年に二〇％まで減ったイサーンの森林率を四〇％にアップさせることが目標として掲げられた。こうして、一九六〇年代以降に保全林と指定された地域に、森林回復を目的としてユーカリなどが植えられていく。

だが、そこは人びとが生活している土地だった。森林保護を名目にしていたものの、実際には農民たちの生活を無視し、民間企業と提携して経済成長を図る政策にすぎなかったのである。一九八〇年代後半は、輸出志向型の換金作物の奨励、農産物の輸入自由化、地域の特性や環境をないがしろにした政府主導による農業政策が急速に進められ、その歪《ひず》みが各地で表れていた。

一九九一年に打ち出された「衰退林に住む貧困者のための土地配分計画（コー・チョー・コー）」が、その流れに拍車をかける。再生が困難とされる保全林を「衰退林」とし、そこにユーカリなどを植え始めた。「土地配分計画」という名目で、農民は生活していた保全林地域から強制的に追い出されたのだ。しかも、代替地として用意された土地は、保全林に指定される前から他の農民が住んでいた土地だった。この計画は軍と農民の衝突だけではなく、農民同士の争いをも引き起こす。

イサーン全土で被害にあった村人たちは連携し、一九九二年にコー・チョー・コーを停止させた。その流れは、イサーンの農民運動の大きな波となっていく。そうした運動の先頭には必ず、ヨーさんの姿が見られた。

同じ一九九二年、ヨーさんたちはイサーンNGOCOD(二七ページ参照)の力も借り、独自の活動として「イサーン小農民会議(ソーコーヨーオー)」を設立する。ヨーさんはその書記長として、企業や政府主導の農業政策に対する反対運動を全国で展開した。命を狙われていたため防弾チョッキを身に着けて活動し、周囲には常に警護人がつく緊迫した日々が続いたという。

ヨーさんたちが設立したカラシーン県養豚協同組合は、その後、他県の養豚農家とも手を結び、一一の養豚協同組合をネットワーク化した。ところが、食品関連多国籍企業のCP(チャルーン・ポーカパン)が政府に圧力をかけ、県内で屠殺した豚を県外でも販売できるように規則が変えられてしまう。ブロイラーやブラックタイガーと同様に、CPと契約する養豚場では、子豚や飼料はすべて指定され、CP以外には出荷できない。豚舎を造る経費などは、政府系の農業・農協銀行(トーコーソー)からの融資を受ける。CPが販売する安価な豚肉の影響で、小規模農民が結集した養豚協同組合は次々に潰れていく。

他の農産物にも自由化の波が押し寄せてきた。たとえば、絹や牛である。

タイシルク(絹)は世界的に有名で、イサーン各地で養蚕が行われていた。だが、タイの蚕種は機械織りでは効率が悪いという理由で日本や韓国の蚕種が輸入され、在来品種の蚕が消えていく。絹の自由化はさらに進み、中国やベトナムからタイの半額で絹が輸入されるようになった。

牛の自由化も進んだ。軍と政府が畜産企業を設立し、オーストラリアから母牛を一頭七〇〇〇バーツで輸入し、二万二五〇〇バーツで農民に売った。購入資金は、トーコーソーから通常より低利子の九%で融資された。しかし、その牛のほとんどがさまざまな理由による不妊で、子牛を産まない。しかも痩せているので、肉牛としても価値がない。農民たちは何の役にも立たない牛を「プラスチック牛」と呼んだ。

ヨーさんたちは、その牛と一緒にカラシーン県庁まで抗議のデモを行う。そして、「牛を返すから借金もなかったことにせよ」と、牛を置き去りにして村に戻った。

政府が奨励するインドからのカシューナッツも、実はならなかった。

こうした状況に対して、①稲作、②キャッサバ栽培、③養豚、④牛の自由化、⑤養蚕、⑥カシューナッツ栽培、⑦ムーン川に建設中のパークムーンダムの影響、⑧土地の立ち退き、⑨アグリビジネスと政府主導による農業政策、という九つの問題を解決するために、①農産物価格、②土地、③政府の政策に分けてグループをつくり、交渉していく。

イサーン小農民会議のメンバーは一九九三年一〇月、カラシーン県に集結し、バンコクに向けて行進し始めた。イサーンの入口にあたるナコンラチャシマー県のラムタコーンとパークチョンでは、自らの要求を訴える。ときには三万人以上が集結したこの行動を、政府は無視するわけにはいかなかった。ヨーさんやソムキヤット・ソムブーンさんら五人の代表者は政府が用意したヘリコプターに乗り、バンコクの首相官邸へ。そこで政府高官と交渉し、九つの要求すべてに対して、きっちり対応していくことを確約させた。

ＮＧＯなどの代弁者にできるだけ頼らず、当事者である農民や漁民自身が政府に直接要求を訴え、政府の政策に意見を盛り込ませた、画期的な運動である。

ところがその後、政府との交渉が繰り返されるなかで路線闘争が起こり、イサーン小農民会議は分裂する。ヨーさんは新しい運動を求めて、走り続けた。

本来の豊かさを取り戻す貧民連合

一九九〇年代は世界の市場化が急激に加速された時代である。ＧＡＴＴ(関税と貿易に関する一般協定)は一九九五年に、ＷＴＯ(世界貿易機関)に改組された。大阪でＡＰＥＣ(アジア太平洋経済協力)の会議が開かれた同年一一月には、東京でＡＰＥＣにノーを突きつけるＮＧＯの会議が開かれ、パネラーの一人としてヨーさんも来日。タイの農民がかかえる現状を、農民の代表者として報告した。　会議終了後、山形、新潟、そして千葉・三里塚の農民と交流したとき、ヨーさんはこう言い残した。

「これからタイに戻り、パークムーンダムの近くで、貧民連合という人びとによる全国規模のネットワークを結成する」

一カ月後、「貧民連合（サマッチャー・コンチョン）」が設立された。農民だけでなく、漁民、スラム住民、労働者、ダム建設に反対する住民たちなど、地域で生きる人びとが集結した組織である。代表は置かない。ヨーさんは相談役の一人として、その運動の中心を担った。農民が農民だけで悩むのではなく、スラム住民がスラム住民だけで孤立するのではなく、人びとが多様な層と連携しあえる大きな運動体をつくりあげたのだ。貧民連合の仲間たちは声をそろえる。

「貧民、それは、権力に乏しく、機会に乏しく、権利に乏しいこと」

彼らは、金銭的に貧しいことを訴えたいのではない。運動の根底にあるのは、権力のある一部の層によって奪われた、人びとや地域に潜在する本来の豊かさを取り戻すことだ。

ヨーさんは農民の代表として、「オルタナティブ農業ネットワーク」の活動に力を入れた。オルタナティブ農業ネットワークは、一九八九年にNGOCODの戦略から生まれた（当時の名称は複合農業ネットワーク）。イサーンのネットワークは九地域に分けられ、複合農業が各地で取り組まれている。

貧民連合は一九九七年に首相官邸前で九九日間もの座り込み運動を展開し、一二一項目の要求を大きく七つにまとめて、政府に突きつけた。そのひとつが、オルタナティブ農業ネットワークが進める持続可能な農業の促進である。農産物の価格保証を政府やアグリビジネスに訴えるだけでなく、具体的な対案を示したのだ。

粘り強い交渉を続けた結果、持続可能な農業(複合農業)の活動予算を政府から勝ち取ることに成功する。二〇〇一年には、その予算に基づくプロジェクトがタイ全土で始まった。予算は、三年間のプロジェクトで六億六三〇〇バーツ(約二〇〇億円)。一九地域のうち九地域がイサーンだったため、イサーンに予算の半分が充てられた。ヨーさんは、カラシーン県&サコンナコン地域のコーディネーターとして、運営委員会の委員を務めた。無駄なお金がばらまかれた地域もあったようだが、ヨーさんの地域では、公平性と用途の明確化を徹底したことによって、複合農業がさらに広まったという。

ヨーさんは、貧民連合を基盤にタイ国内で活動するだけではなく、一九九六〜二〇〇二年には世界規模のNGO「ビア・カンペシーナ」の東南アジア・南アジア地域のボードメンバー(役員)になり、世界の農民リーダーとして名を広めた。

SHINDOFUJI

イサーンオルタナティブ農業ネットワーク(以下「イサーンオルタ農業ネット」)はその後、

新しい戦略を立てた。農民たちの活動が地域の行政によってさいなまれる場合があるので、自らの代表者を行政区運営機構長に送り込んだのだ。

タイの行政は、県(チェンワット)、郡(アムプー)、行政区(タムボン)、村(ムーバーン)という単位に分かれる。ヨーさんが暮らすサーイナワン行政区は比較的小さく、八村で構成され、約一〇〇〇世帯、四四〇〇人が住む。行政区運営機構は行政区の開発を担う組織として、一九九四年に誕生した。村長と、村長が互選する行政区長は主に治安維持を担い、インフラや地域開発は行政区運営機構が担う。その機構長は、選挙で選ばれる。

二〇〇五年に、イサーンオルタ農業ネットの代表者の一人としてヨーさんに白羽の矢が立てられ、サーイナワン行政区運営機構長に当選。地域の行政を巻き込んだ運動に発展した。

プミポン国王は、セータッキト・ポーピィアン(「足るを知る経済」)を提唱。農民に複合農業の重要性を説き、具体的提案も行った。それは、農地を四つに分け、三割に池を掘り、三割を田んぼにし、三割に果樹などの木々を植え、残りの一割を住居や家畜やきのこ栽培などに充てるという内容だ。

ヨーさんたちは「足るを知る経済」をスローガンに、サーイナワンを有機農業で自立したモデル地区とすることを活動の柱として、村人たちの生活の質の向上と地域開発に務めた。そこで意識したのは参加型の地域づくりである。ヨーさんは、リーダーとして方向性

稲刈りの体験者に見本をみせる
ヨーさん。常に実践が大事だと語る

を決めるのではなく、コーディネーターとして、村の互助基金、福利厚生グループ、機織りグループなどを結びつけることに専念した。

行政区運営機構長の任期は四年。ヨーさんは二期務めて、二〇一三年に退任した。現在は、タップティムサヤームさんを養子に迎え、奥さんのティムさんと農業に励む。そんなヨーさんに改めて、平和とは何かを訪ねた。

「山下惣一さんや菅野芳秀さんから教えてもらったＳＨＩＮＤＯＦＵＪＩ（身土不二）という言葉に、平和は凝縮されているよ。人や水、土、土の中の微生物たちの均衡が取れた身土不二の世界を取り戻せば、私たち小農民が決定権を取り戻すことにもなるからね」

政府に命を狙われるなど、何度もの死線をくぐり抜けてきた男は、アメリカで生まれた市民組織アショカ（ＡＳＨＯＫＡ）から「アショカ賞」（一九九五年）、内務省から「卓越した先進的職業リーダー賞」(二〇一〇年)、国家人権委員会から「卓越した人権活動家賞」(二〇一〇年)、タマサート大学から「功徳国民平和賞」(二〇一五年)など、数々の賞を受賞。誰もが認める国民的なヒーローになった。

第４章

希望を紡ぐ日本の仲間たち

旅の成功と交流の継続を願い、鳥を放して
タムブン（徳を積む）をする天明伸浩さん

ジェンウェンさんの農園の愛らしい水牛

越境する水牛

ヨーさんの村では数グループに分かれて民家に宿泊し、翌日の一五日はヨーさんの農園に加えて、複合農業を営む二つの農家とゴム農園を営む農家を訪問。最後にジェンウェンさん(五一ページ参照)の家を訪れた。家の前には色艶のよい水牛が数頭飼われ、不思議そうな顔つきで僕たちを見ている。

一九九四年にイサーンのサヌワン村に滞在していたとき、田おこしはすでにディーゼルエンジンで動く手動耕運機が主流で、水牛を役牛として使う農家は行政区約一二〇〇世帯のうち一戸だけ。それでも、高床式の住居の下に水牛を飼う農家は多く、村の風景の象徴だった。

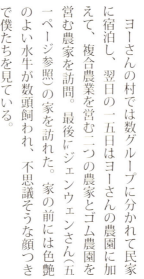

そんなことを思い出しながら、僕はジェンウェンさんに尋ねた。

「いま水牛を飼っている人たちは、なんのために飼っているの？　牛を飼ったほうが高く売れていいのでは？」

少し間をおいて彼女は答えた。

「私は、水牛を要《かなめ》としたイサーンの村の文化を継承していきたいという思いで飼っています。ちょっと前までは、水牛を役牛として使っているベトナムに輸出もされていました」

東西経済回廊の第二メコン友好橋が開通し、イサーンの水牛たちは陸路でラオスを越えて、ベトナムに輸出されていたのだ。いまはその需要が頭打ちになり、輸出はストップしているらしい。それにしても、米輸出国としてタイに勝る勢いのベトナムに、役牛としては水牛を使わなくなったタイが、役牛として輸出していたなんて面白い。

この日の夜は、近隣のブアカーオ市のゲストハウスに宿泊。夕食会場の料理屋に着くと、ヨーさんがわざわざ他県から呼んでくれたギター好きの友人が待ち受けていた。昨夜の村の宴会では、プータイ族の衣装を着飾ったお母さんたちに囲まれて、ケーンというイサーンの伝統楽器の音色を聞き、今日はフォークギター。

連夜の宴会で一番楽しんでいたのは、参加者の中で最も若い後藤亮介君だ。特技である、口で打楽器の音色を表現する「ボイスパーカッション」を披露し、タイの仲間たちと短時間で打ち解けていた。後藤君は法政大学国際文化学部四年生で、まもなく卒業を迎える。ＪＶＣの元ラオス現地代表の松本悟教授のゼミ生だ。

「国際協力を捉える視点」というゼミで、卒論は映像によるまとめを選び、一年間かけ

稲刈りを経験する後藤君

てＮＧＯに関わる僕を取材していた。『百年の杜――生き方が語るＮＧＯ』というタイトルで仕上がったその映像は、見事に学部会で最優秀賞に選ばれる。その後、市民映像祭として知られる「東京ビデオフェスティバル二〇一八」でも入賞した。今回も、ツアーの様子をビデオで撮影していた。スペイン留学の経験はあるが、アジアの国々の訪問は初めてだという。とくに村での滞在がどうなるか心配していたが、あっという間に現地に溶け込んでいた。

天高く飛び立つ鳥

次の日は、コーンケーン県の最南部に位置するポン郡に向かう。途中のコーンケーン市内で昼食を取り、ノーンウェーン寺に立ち寄った。

天明《てんみょう》伸浩さんが目ざとく、小さな籠に入った鳥を売る男を見つけた。仏教国のタイには、タムブン（徳を積む）という行為がある。籠に入った鳥を購入し、籠の中から鳥を逃してあげるプロイノックは、そのタムブンのひとつだ。

山下惣一さんは『タマネギ畑で涙して』の六年後に再訪の旅に出かけ、その記録を『タイの田舎から日本が見える』（農山漁村文化協会）にまとめた。その物語のスタートは、このタムブンから始まる。今回、同行できなかった山下さんの代わりに、天明さんがタムブンをした。籠から勢いよく出たその鳥は、僕たちの旅の成功と交流の継続を願って、天高く飛び立っていった。

天明さんは一九六九年生まれで、僕と同い年だ。一九九五年に東京農工大学大学院を修了し、新潟県上越市の山奥（旧中頸城《くびき》郡吉川町）で稲作を始める。両親が農家ではない、Ｉターン農家だ。農業を勉強しているうちに日本の農業をなんとかしたいという思いから、農家になった。そして、その答えは山奥の村で普通の暮らしを続けること。

移住してから村で娘さんが三人生まれ、家族経営の農園を「星の谷ファーム」と名付け、多様な農業に取り組む。稲作は、合鴨を田んぼに放し飼いにしながら育てる合鴨水稲同時作。ブルーベリーや自給野菜も栽培し、ニワトリを飼う。ブルーベリーは妻の香織さんが加工して、ジャムやソースを作る。都会からの移住者を受け入れるなど、地域づくりにも取り組み、山村の生き残りに力を注いでいる。さらにＪＶＣの理事も務める、生粋の活動家だ。

ＷＥ21ジャパン

ポン郡は、ＪＶＣやアジア農民交流センターを通じて行ってきた僕たちの交流から生まれた「地場の市場づくり」に取り組む地域だ。認定ＮＰＯ法人ＷＥ21ジャパン（以下「ＷＥ21」）も二〇〇〇年度の活動開始から〇六年度の活動終了まで支援し、現在もタイの仲間との交流を継続している。今回は海田《かいだ》祐子さんが参加した。

ＷＥ21は、神奈川県内で三九のＮＰＯと五五の店舗からなる「ＷＥショップ」のネットワークを形成している。市民から中古衣類や雑貨などの寄付を集め、リユース・リサイクルして販売し、得た収益でアジアの女性たちを支援する。モノがあふれる日本社会で、余ったモノを「援助」と称して海外に送るような活動とは真逆の発想である。各家庭で不要になったモノを商品として販売し、収益を活動資金に充てるのだ。支援先は、アジアを中心に二〇カ国に広がっている。「ＷＥ」は「Women's Empowerment」の略で、女性の力を高め、二一世紀のアジアの平和を築いていこうというビジョンを表す。

各国で資源の奪い合いを理由に起きる紛争。その要因のひとつに、地球から資源を掻き集めて行われるモノの大量生産・大量消費のシステム、使い捨て文化を形成してきた私たちの生活がある。生協の生活クラブ神奈川、市民政党の神奈川ネットワーク運動に携わる有志たちが、その代案となる活動ができないかと、一九九六年にイギリスのオックスファムが取り組むリサイクルショップを視察したことが、ＷＥ21の設立の契機となった。

一九九八年にリサイクルショップ一号店を厚木市にオープンし、二〇〇〇年には特定非営利活動法人格を取得。海田さんは一九八〇年代に生活クラブ神奈川の活動に参加したことがきっかけで、ＷＥ21にも参加している。

また、ＷＥショップ自体が地域に根を張った現場になっていることが興味深い。まず、ショップが地球資源を浪費する日本社会のあり方を考えるきっかけの場となる。そして、商品を提供する人や買いに来た人たちが、ショップに貼られた海外の支援現場の写真やイベントのチラシを見たり、関わった経験者のスタッフと会話をしたりするなかで、活動の内容や意義を知る。

海外に現場をもつＮＧＯは、東京などの大都会に事務所を構え、世界の草の根活動を支援している。だが、申請書や報告書、会計や会議、その他の雑務に追われて夜遅くまで働き、自分自身はどっぷりと都会の生活に浸らざるを得ないことに悩む場合も少なくない。もちろんＷＥ21も、事務仕事という地道なサポートを果たすスタッフがいるからこそ、活動が継続できるのは間違いない。しかし、それに加えて神奈川県内に五五の現場という軸をもつことが特色で、参加する層の広がりに結びついている。

ＷＥショップを拠点に市民が互いに学び合う場を、ＷＥ21は共育《ともいく》と呼ぶ。共育のための勉強会や支援地域へのスタディーツアーに行く、寄付をする、会員になるなど、活動への参加方法は多種多様である。だから、忙しい主婦たちも、自分のできる範囲で無理なく携わることができる。そして、その活動は、気概のあるメンバーたちによって、常に進化した二一世紀のビジョンを創りあげている。

スポーツに熱狂する陰で

アジア農民交流センターは、毎年一回の年次寄り合いを会員が住む日本各地で開催する。二〇一七年は、この旅の前日に、千葉県成田市の「地球的課題の実験村」（以下「実験村」）の仲間たちに受け入れをお願いし、何人かはそこからタイに飛んだ。

実験村を紹介する前に、第3章で紹介した『市民皆農』に記された家畜の伝染病・口蹄《こうてい》疫《えき》のお話。

日韓共催のワールドカップが開催される直前の二〇〇二年五月二日、韓国で口蹄疫が発生し、六月二三日までに一三万四〇〇〇頭の豚が殺処分された。そのことが、山下さんの知人でアジア農民交流センターのメンバーでもある岐阜県揖斐《いび》郡揖斐川《いびがわ》町の小林武さんに、抗議の意を込めて養豚を廃業させたと記されている。連日ワールドカップの結果が報道され、口蹄疫はほとんどニュースにならなかった。その後、二〇一〇年に宮崎県でも発生し、韓国でも全国に広まり、一一年には三〇〇万頭もの牛や豚が殺処分された事実が述べられ、山下さんはこう書き続ける。

「これは家畜の反乱、逆襲ではないのでしょうか。動物としての本能を歪められ、奪われ、限りなく生産効率を追求されつづけてきた家畜たちの死をもっての抗議、家畜一揆ではないのでしょうか」

このように、スポーツに熱狂する人びとの心理を利用して隠された事実は多い。たとえば成田空港では、同じく二〇〇二年のワールドカップに向け、市民交流の交通手段が不足しているという理由で、平行滑走路の建設が予定より短くされた「暫定滑走路」という形で強引に進められた。前年の六月には、新東京国際空港公団（空港公団、現成田国際空港株式会社）と政府は住民に何の断りもなく、飛行の邪魔になるからという理由で、滑走路近くの東峰《とうほう》神社の木々を伐採した。そんな出来事は、一般市民にほとんど知らされていない。

スポーツに人びとが熱狂している間に、その経済効果を妨げるとされる出来事が隠蔽《いんぺい》されるかのごとく、「スポーツは市民のものだから、市民のために」と、必要のない開発が進められる。オリンピックでも、常に同じような問題が起きている。

地球的課題の実験村

さて、実験村とは何か。話は高度経済成長期の一九六六年にさかのぼる。この年、羽田空港に続く第二の国際空港を成田に建設することが閣議決定された。建設予定地と周辺地域の人たちは、国や空港公団から直接その事実を知らされたのではない。新聞やテレビを通じてだった。高度経済成長の陰で起きた歴史に残る出来事のひとつである。

僕らの世代以前の多くの人たちにとって、その後に続く成田闘争は、死者を出したこともあり、過激なイメージが強く、避けて通りがちである。だが、敗戦から二〇年が経ち、平穏な社会が到来するはずの時代に、自分たちが住む地域社会が非人道的に壊されていくことへの憂いを声に出すのは、正当な行為だったはずだ。

結局、一九七八年に滑走路が一本という異例の国際空港が開港する。その一三年後の一九九一年、膠着状況からの脱却と民主的な話し合いによる解決を目指した、反対住民と国との公開シンポジウムの第一回が開かれた。その後、一五回のシンポジウム、一二回の円卓会議が開催される。しかし、解決の兆しは一向にみられず、一九九五年に「地球的課題の実験村構想具体化検討委員会」が運輸省に設けられた。この委員会は一九九八年に「若い世代へ──農の世界から地球の未来を考える──」という論文をまとめて解散し、この論文を柱にして、「地球的課題の実験村」の活動が始まった。

国は話し合いの過程で、一方的に空港を建設したことを謝罪し、「今後はいかなる場合でも国の権力を行使しない」と約束した。にもかかわらず、一九九九年には二本目の滑走路建設が着手され、ワールドカップのどさくさに紛れて飛行機が飛び立ったのだ。

実験村の共同代表は、大野和興さんと柳川秀夫さん。そのほか、多様なメンバーで構成されている。

反対運動に携わった農民たちは、近代化政策一辺倒のあり方に対置して、有機農業を始める。一九七六年には、その生産物を理解のある消費者に直接届ける産直グループ「ワンパック」が生まれる。実験村に関わる農民たちのほとんどが、その中心メンバーだ。

今回の旅の参加者のひとり石井恒司《つねじ》さんは、五百万石という酒米を仲間たちと生産し、それを埼玉県蓮田《はすだ》市にある神亀《しんかめ》酒造に預け、銘酒「真穂人《まほと》」が醸されている。神亀酒造は、醸造アルコールや添加物を加えない純米酒のみを醸す酒蔵の先駆けとして、地酒ファンの人気が高い。石井さんは現在、次世代に有機的な暮らしをつなぐ目的で、「自給農園ミルパ」を開設し、都市住民や農業に興味をもつ人たちに開放している。

出発前日に行われた寄り合いのコーディネーターは平野靖識《きよのり》さん。三里塚闘争の支援者として成田に移住し、一九七八年に三里塚物産を設立した。有機農業に取り組んだ農家の無農薬農産物を使用して、ラッキョウの漬物や落花生、シソジュースなど添加物を使わない加工品の製造と販売を行ってきた。

島根県出身の樋ケ守男《ひのけもりお》さんは一九七一年に成田に移住し、現在はワンパック鶏舎で平飼い養鶏を担当している。鶏舎の屋根で太陽光発電を行い、エネルギーの自給にも力を入れる。ここで生産された有精卵は、こだわりのマヨネーズとして知られる松田マヨネーズ(埼玉県児玉郡神川町)にも出荷されている。

柳川さんは前述の論文に、「児孫のために自由を律す」と題した考え方を提起した。タイの「足るを知る経済」と同じ思想だ。成田空港建設に象徴される理不尽な大規模開発は世界各地で起こり、環境破壊が広がっているが、腹八分目で生きる道を創っていこうというのだ。そして、子孫に残す環境を守るために、地元住民だけではなく、環境や食に興味のある都会の仲間たちと、三つの活動に取り組んできた。

第一に、北総大地夕立計画。空港建設とそれに伴う開発の過程で、地域資源である水や大気の循環が失われた。そこで、この地域の夏の風物詩であった夕立を蘇らせるために、勉強会や炭焼き、植林活動を行っている。

第二に、地域自立のエネルギー。やはり循環の視点から地域に内在する再生エネルギーの有効利用を目指し、自然エネルギーやバイオエネルギーの活用と研究に取り組む。

第三に、農と百姓のネットワーク。地域の風土に即した循環型農業を目指す。無農薬の麦・大豆を輪作し、農作業に都会の仲間たちが参加できるように、麦・大豆のトラスト活動に取り組む。他地域や世界の農民たちとの「農的価値」を基礎とした交流活動にも力を入れている。

地域のタスキ渡し

一九九五年に来日して国際会議を終えたヨーさんと一緒に僕は山形県に向かい、置賜百姓交流会と交流した。

その少し前に、山形・置賜百姓交流会＋大野和興共編の『百姓は越境する』(社会評論社)を当時好きだった司馬遼太郎の本と重ね合わせて読んだ。当時の僕は、一年間のタイ農村滞在から戻ってきたばかり。タイ呆けと、大物たちが集まる場で通訳しなければならない不安と緊張感でいっぱいだったが、本に登場する面々にお会いできる興奮と、何かが始まるかもしれないという希望感。このときの緊張を超えた不思議な感覚は、忘れられない。僕にとっての黎明《れいめい》期ではなかったか。

置賜百姓交流会の世話人で、現在のアジア農民交流センター共同代表の菅野芳秀さんは、その数週間前に東京で初対面の挨拶をしていたことと、一九一センチの巨木のような体型だったので、ひときわ印象的だった。

菅野さんの経歴は、ヨーさん同様に疾風怒濤。一九四九年に山形県長井市に農家の長男

2007年にタイを訪問したときレインボープランを語る菅野さん（左）。右は山下惣一さん〈撮影：中村修〉

として生まれる。子どものころは、「学校を卒業したら農家を継ぐのだぞ」という父親の言葉から逃げることばかり考えていたという。農家を継ぐという条件のもと、農業高校ではなく普通高校に通った。そんな環境で一度は諦めた大学入学だったが、新聞配達奨学金制度を活かして明治大学農学部に通うことを許される。

上京した菅野さんは、三里塚闘争に出会う。テレビに映し出された成田空港建設に抵抗する農民たちの姿は衝撃的だった、と振り返る。自分自身は故郷の農村から抜け出すことばかりを考えていたが、成田の農民は違う。命懸けで村を守ろうとしていたのだ。成田に足を運ぶようになり、やがて別の大学の学生たちにも呼びかけ、そのネットワークのリーダーとして三里塚農民の支援活動に携わる。

学生運動に明け暮れた菅野さんは、卒業後も実家に帰らなかった。沖縄にいた一九七六年、サトウキビを担ぎながら金武《きん》湾で石油備蓄基地反対運動に関わる人たちと生活を共にしていたとき、ある人が言ったという。

「いまの沖縄には逃げ出したい現実がいっぱいある。でも、後ろ向きに生きていたら、後に続く子孫も逃げる。希望をもって、逃げ出す必要のない地域をつくる役割が私たちにあるのではないか」

その言葉に、はっと気づかされた。

「彼らは、地域を過去から未来に生きようとする人びとの共同の財産として捉えている」成田やこの沖縄での経験が、「地域のタスキ渡し」「楽しみの先送り」という菅野さんの名言を生む。そして、山下惣一さんと同様に村で生きることを決意し、二六歳のときに郷里に帰った。

置賜百姓交流会

帰郷後の菅野さんの人生は順風満帆とはいかず、波乱が待ち受けていた。減反(生産調整)反対運動の壁にぶち当たったのだ。

政府は一九七七年、二度目の米の減反政策を打ち出す。農家の自主性に任せた一九七〇年の第一次生産調整と違って、この第二次生産調整では、減反・転作した農家には補助金を出すというアメを伴っていた。この農民の自主性を無視した減反に反対したのは、集落内で菅野さん一人だったという。長井市は、集落内に一人でも反対者がいたら、その集落には市の補助金を出さない、という政策をとる。二七歳の菅野さんはまさに村八分。「地域のタスキ渡し」という志をもちながら、地域で孤立した。

減反反対を断念することとなった菅野さんは、「利と理の調和」の必要性を学ぶ。「利益だけでは腐敗する。理念だけだと孤立する。私がやった減反反対運動には、その分かりやすい〝利〟がなかった」

孤立した菅野さんは、置賜地方の三市五町に同じ志をもつ仲間を求めた。「野良に働く兄弟たちへ」という呼び掛け文をつくると、二十数名の仲間が集まった。

こうして一九七八年、置賜百姓交流会が結成される。減反反対運動から始まり、それぞれの農業や地域の情報交換、ゴルフ場建設やヘリコプターによる水田への農薬空中散布の反対運動など、地域を拠点とした活動を展開した。また、日本に住む自分たちだけが豊かになる生き方を求めてはいけないと、アジアに関する勉強会やメンバーの代表をアジアの国々に派遣する活動、国際会議も開催した。そうした海外との農民交流が、アジア農民交流センター設立に結びつく。メンバーは各地域のリーダー的存在で、議員や町長もいる。

特徴的なのは、組織の代表を置かず、活動するときの責任者が世話人として働くことだ。ヨーさんは貧民連合設立のとき、ここで学んだ経験を活かし、代表を置かず、それぞれのリーダーが相談役として活動する組織とした（六八ページ参照）。

菅野さんは、減反反対運動の苦しさと孤立を置賜百姓交流会という希望に変えたのだ。

養鶏との出会い

菅野さんが自分らしい農業のあり方を求めてたどり着いたのが、自然卵養鶏である。自宅の目の前にある平飼いの鶏舎で、ニワトリたちはできるかぎり自然に近い状態で飼われている。二〜三日に一度は鶏舎の外にも出て、文字どおり羽を広げる。

鶏舎の外で自由に動き回るニワトリたち〈写真提供：菅野芳秀〉

予防薬や添加物は一切使用しない。遺伝子組み換え作物のエサも排除している。鶏糞は田畑に撒かれる。この自然卵養鶏が菅野農園の循環型農業の要となっている。

「地上の生きものたちの中でケージ飼いのニワトリたちほど不幸な動物はいない。世界中探しても、同じような苦しみを背負った生きものはほかに見当たらない。動物園のライオンだって檻の広さほどの自由はあるし、金魚鉢の金魚にしても狭いとはいえ、中を回遊することができる。ニワトリたちにはそれすらない。身動きのできないケージに入れられ、羽を持っていても飛ぶことはおろか、広げることすらできず、足があっても歩くことができない」(菅野芳秀『玉子と土といのちと』創森社)

欧州連合(EU)では、こうしたケージ飼いの養鶏は禁止されている。ところが日本では、コンビニやスーパー、百円ショップのみならず、市販の卵のほとんどがそんな不健康な卵。このケージ飼いのニワトリの話は、利益ばかりを優先した僕たち人間の現代社会の問題になぞらえるのではないか。

菅野農園は現在、後を継いだ息子の春平さんが中心になって営まれている。

レインボープラン

菅野農園では頻繁に「山の神様」に会いに行く。菅野さんは地元の里山の土に含まれた良質な微生物を「山の神様」と呼ぶ。その土に微生物のエサとなる米ぬか、微生物の住まいとなるもみ殻を混ぜて発酵させ、ニワトリの飼料としている。歯のないニワトリは消化力が弱いから、エサを発酵させることで消化を助ける。体外の自然界の微生物とニワトリの体内微生物は調和し、ニワトリたちは広々とした鶏舎の中で元気いっぱいはしゃぎまわる。

養鶏を始めた当初、菅野農園では発酵させる菌を石川県から取り寄せていた。あるとき、鶏舎から外に出て土や水たまりの水を求めるニワトリたちの様子を見て、身土不二の視点が欠けていたことに気づく。そして、石川県の菌から「山の神様」に切り替えたのだ。この自然卵養鶏の身土不二の世界は、長井市のレインボープランへと広がっていく。

置賜盆地に位置する長井市は、西側に朝日連峰がそびえ、東側には最上川が流れる、風光明媚な地域である。人口は約二万七〇〇〇人。ここで、生ごみを堆肥化して地域の循環を取り戻す「台所と農業をつなぐながい計画」(通称「レインボープラン」)が取り組まれている。キーワードは「土づくりは、まちの台所から始まる」だ。

約九〇〇〇世帯のうち市街地の約五〇〇〇世帯で、水分をよく切られた生ごみは、週二回の早朝、約二三〇カ所ある収集所のコンテナバケツに運ばれる。そして、行政から委嘱された業者が堆肥センターまで運搬。もみ殻、畜糞と混ぜられた生ごみは、約八〇日間で堆肥に生まれ変わる。その堆肥が市内の農家の土に還元され、その畑で収穫された野菜や果物や米などが長井市民の糧となる。

堆肥をつくりたくても原料がない、という農家の現状があった。一方で、三四〇〇haの農地があるにもかかわらず、青果物の自給率が五%しかない、という消費者の現状があった。両者のニーズから、レインボープランは生まれた。

「まちがむらにある土の健康を守り、むらがまちの人たちの健康を守る」

レインボープランは、単に生ごみのリサイクルが目的ではない。生ごみを介して農業と市民の食卓を結ぶ、循環型の地域づくりを目指している。堆肥センターが稼動したのは一九九七年だが、構想にはほぼ一〇年の歳月を要した。

構想初期の一九八〇年代後半といえば、バブルがはじける前。当時の日本は、地域振興を名目にリゾート開発計画を進める民間業者への減税などの優遇措置が認められるリゾート法(総合保養地域整備法)が制定されるなど、大規模開発が各地で吹き荒れていた。一時的にはうるおうかのように思えるこうした開発は、最終的には都会からの観光客が出すごみだけが残る。その数年後に、バブルは崩壊する。

東京を向いた地域づくりではなく、地域に住む恩恵と地域の豊かさを享受できる地域づくりを目指し、「日本一の田舎町を創ろう」という思いから、レインボープランは生まれている。それは、一九八八年の「まちづくりデザイン会議」に端を発する。菅野さんはその農業部会のメンバーとして、農業の視点からのまちづくり構想に参加し、討議は一年間続いた。

「何につけても、先頭を走る人はだいたい変わり者。最後に残るのは頑固者。行政は、その真ん中あたりのバランス感覚をもたなければならない。だから、レインボープランを具体的に進めるときも、すぐには行政に話をもっていかなかった」

レインボープラン構想の根底にある、環境や生命の問題に敏感なのは女性たちだ。菅野さんたちは、まず女性団体を訪ねた。そして、商工会議所、病院、清掃事務所、農協と順を踏んで地域の仲間たちを口説いた後に、行政に提案したのだ。家族の生命を守る女性たちを中心に、農民、学校、病院関係者、そして行政と、地域に潜在する多彩な人たちの能力が活かされ合って、レインボープランは動き出した。

こうして、生ごみの堆肥化を通じて地域の〝むらとまち〟が結ばれる。まちのお蕎麦屋はレインボープラン認証されたそばを使用し、ラーメン屋は認証野菜をふんだんに使ったレインボーラーメン、豆腐屋はレインボー豆腐……。お菓子や加工品も生まれた。ＮＰＯ法人「レインボープラン市民農場」は、まちの人たちが土に触れ、生産者と消費者の出会いと交流の場になっている。

いまでは、シャッター通りが増える商店街の対案となる活動として広く注目され、山形県外や外国からの視察者も絶えない。

純米酒・甦る

夢を育んだ日本酒も生まれた。レインボープラン堆肥を使って在来種の酒米さわのはなを復活し、東洋酒造が純米酒「甦る」をレインボープラン認証ブランドとして醸し出した

東洋酒造の「甦る」(左)から、鈴木酒造店
長井蔵の「甦る」(右)へ、タスキは渡された

のだ。「生ごみが甦る」「さわのはなが甦る」という市民の熱い思いから、「甦る」と名付けられたという。しかし、東洋酒造の経営は後継者不足もあり、困難な状況にあった。

そんなとき、東日本大震災が起きる。福島県浪江町で銘酒「磐城《いわき》壽《ことぶき》」を醸す鈴木酒造店は、海に最も近い蔵として地酒ファンに知られていた。だが、津波に蔵はのみ込まれ、東京電力福島第一原子力発電所の事故も重なり、立ち入りすらできなくなる。

それでも、鈴木酒造店は酒造りを諦めなかった。奇跡的に福島県の醸造試験場に残っていた蔵の酵母を手に、いつかは故郷に戻れることを信じ、移転先を探す。そして二〇一一年一〇月、東洋酒造を鈴木酒造店長井蔵（鈴木大介代表取締役）として継ぐことになった。

福島県から長井市への避難者は当初、約五九〇名いたという。長井市社会福祉協議会によると、二〇一二年六月一一日時点で九一世帯、二八三名、二〇一七年一〇月二〇日時点でも二一世帯、五四名が長井で暮らしている。レインボープラン市民農場は、被災者を中心とした「福幸ファーム」の活動を新たに始めた。その田んぼで、さわのはなを栽培している。

新たに誕生した「甦る」。本来生まれる必要のなかった「甦る」。栓を開けたとき、漂うその香りから世の中への静かな怒りを感じる。

ホピの言い伝え

数年前に長井市を訪問したとき、村田孝さんのお話が興味深かった。村田さんは東日本大震災後に福島県いわき市から長井に避難し、現在もさわのはな栽培に関わるなど、レインボープランの活動の中心人物のひとりになっている。

村田さんは、一九八六年のチェルノブイリ原発事故がきっかけで原発問題への関心を高めたという。一九九〇年には、アメリカのアリゾナ州北部を中心とした地に住む「ホピ」というネイティブ・アメリカンが描いた「ロードプラン」という岩絵を見に行った。アリゾナ州北部は、広島と長崎に投下された原爆の燃料となるウランが発掘された地としても知られている。以下、『日々の新聞』（いわき市の地方紙）から引用する。

「ホピの言い伝えを無視したアメリカ合衆国政府によって作られ、広島と長崎に落とされることになった灰の詰まったヒョウタン（原子爆弾）を示す二つの輪が確かに岩絵に刻まれていた。そしてこの岩絵を見たものの多くがそうであるように、私もまた『これから起こるであろう過酷な試練』として伝えられる『三番目の輪』に思いを馳せた」（二〇一三年四月三〇日）

「ネイティブ・アメリカンの民話には次のようなものがある『地球が病んで動物たちが姿を消しはじめるとき、まさにそのときみんなを救うために虹の戦士たちがあらわれる』」（二〇一三年九月一五日）

奇遇にも村田さんの移住先は、いのちの循環を掲げたまちづくりに取り組む長井市だった。そこには、「循環」「ともに」「土はいのちのみなもと」という三つの理念を基とした「レインボープラン」があった。村田さんは、原発事故によって避難した長井市で「虹の戦士」たちに出会い、自身もそのひとりとして闘い続けている。

第5章 むらとまちを結ぶ市場

小さな村の朝市から、まちの人たちとも手を結ぶ「むらとまちを結ぶ市場」へ。市場は村人たちの舞台となり、決定権を取り戻す

僕たちの交流から生まれたコーンケーン県ポン郡役所内の「むらとまちを結ぶ市場」は、めでたく15周年を迎えた

おすそわけ

一一月一七日。昨日、カラシーン県からコーンケーン市内を経由して、ポン郡に入った僕たちは、これから訪れる「むらとまちを結ぶ市場」の生産者が住む村で農地を見学し、夜は再び歓迎の宴。参加者たちは毎晩続く宴会で、疲れが溜まっているようだが、宿泊したポン郡のゲストハウスを五時半には出発した。

ポン市内にあるポン郡役所の敷地内で開催されているこの市場は、早朝から多くの人たちで賑わっていた。市場の背後には、近々開催されるお祭りのために特設された観覧車

「むらとまちを結ぶ市場」運営委員長のチュアムさんがマイクを握り、市場に対する熱い思いを語る

が見える。日本の大きな観覧車に比べて、ある意味スリル感のあるこの観覧車が懐かしい。

この「むらとまちを結ぶ市場」のプロジェクトに取り組むためにタイに滞在していたころは、子どもが小さかった。コーンケーン市で定期行事があると、特設された観覧車によく乗ったものだ。

市場では、市場委員会の運営委員長チュアム・バットマートさんが、中央でマイクを握っていた。僕たちが訪れていること、この市場が一五周年を迎えたこと、この活動の意義などを、市場の生産者会員や買い物客に向けて語りかけている。

チュアムさんは少年時代、祖父か

らこんな質問をされたそうだ。

「獲ったばかりのたくさんの魚を長く保存するには、どうしたらいいと思う?」

「その答えはね、まわりの人たちにおすそわけすることだよ。もし自分が魚を獲れなかったときは、逆にまわりの人たちが分けてくれるだろ」

この言葉に、「むらとまちを結ぶ市場」の意義が集約されている。

当時のプロジェクト相談役で、農業経済に精通する大野さんは、こう評価してくれた。

「おすそわけを農家経済と地域経済の中に仕組みとして組み込む。これは生産から交換に至る現状を変え、ひいては人が何に価値を認めるかの意識まで変える。静かな革命がいま始まっている」

お金を介さない〝おすそわけ〟と、お金を介した〝経済〟。一見、相反する言葉が、この市場で一つに結ばれた。

行き着くところまで来た日本社会のオルタナティブ

農産物輸入大国である日本では、安価な農産物が大量に入り、それに太刀打ちできず、農村が疲弊している。農産物輸出国であるタイの農村も衰退し、農民たちは換金作物を作るが、結果は〝換借金〟作物となり、農民たちの生活を苦しめる。おまけに、農民たちが生きる基盤の土も疲弊している。

僕たちの交流は、タイの農民たちを日本に招聘したとき、近代的な最先端事業を紹介するような交流ではない。行き着くところまで来て疲弊した日本の農村や、借金をかかえた農民の実情を伝える。同時に、苦境から生まれた対案となる活動を具体的に見せる。

一九九六年にアジア農民交流センターがヌーケン・チャンタシーさんとワッタナー・ナークプラディットさんをタイから一カ月間招いたときも、そうだった。山形県を中心に、新潟と大阪の人たちと交流した。スタート直前のレインボープラン、置賜百姓交流会のメンバーが農産物を直接消費者に販売する活動、東置賜郡川西町の生産者グループが自ら経営する精米所、それを支える消費者グループの活動などを紹介した。僕もほぼ一カ月間同行し、たくさんのことを学んだ。農民活動家のヌーケンさんは、最後にこんな感想を残した。

「日本の東北地方にはバナナやパパイヤなどがなかったし、タイよりも機械化が進んでいるため、生産技術に関しては、学ぶことはほとんどなかったです。でも、農民たちが消費者と直接結びつき、農産物を販売する活動は、とても参考になりました。これからタイでも必要になっていくと思います」

地場の市場づくりのアクションリサーチ

ヌーケンさんは帰国してすぐ、自らが住む約一六〇〇人のコークスーン村に、農民自身が農産物を販売する朝市を開こうと考えた。そして、村の長老やリーダーに提案し、一九九六年一一月から週二回、生産者二〇世帯前後の小さな村の朝市が始まった。

イサーンでは一九六〇〜七〇年代までは森を中心とした生活で、貨幣を介さず、物々交換が行われていた。そこにいきなり換金作物が入り、貨幣経済が急激な勢いで押し寄せた。だから、コークスーン村の朝市は、かつてあったものの復活ではない。物々交換を貨幣経済に組み込む形で新しく始まった。

イサーンの村々を歩くと、小さな雑貨屋があり、店頭には野菜も売られている。しかし、そのほとんどは村で作られた野菜ではない。店主が近くの町の市場まで買い出しに行き、それを並べている。嬬恋村(群馬県)のキャベツや川上村(長野県)のレタスと同じような、単一化された生産地の野菜を業者が大きな町の市場に運び、別の業者が販売する。小さな町で野菜を売る業者は、大きな町の市場で仕入れる。バンコクの活気ある市場で売られている野菜も同様に、何段階ものステップを踏んで消費者の手に届く。

僕はヌーケンさんたちを日本に招いた翌年の一九九七年に、ＪＶＣ東京事務所のタイ事業担当になる。日本の地域とタイの地域を結ぶ活動に力を入れたかったので、それを理解するバンさんを現地スタッフに誘った。バンさんの本名は、パイロ・モンコンブンルート。一九八〇年代から長くＮＧＯの活動に関わり、『たまねぎ畑で涙して』の旅のコーディネートも担った。私たちのタイとの交流には欠かせない人物だ。

当時のＪＶＣタイ現地代表は、熱帯・温帯両地域の自然農法のスペシャリストである村上慎平さん。彼は、「この市場の活動を、交流を超えた具体的なプロジェクトにしていくのなら、君が主体となって進めていきなさい」と強く後押ししてくれた。僕は一九九四年から一年間イサーンの農村に滞在し、彼らにお世話になっている。今度は少しでも恩返しをしたいと思っていた。

そして一九九九年、大野さんを相談役としてコークスーン村の朝市の調査をＪＶＣ内部で提案し、タイのＮＧＯの仲間の力を借りて実施した。調査といっても、論文をまとめるためではなく、プロジェクトの立ち上げを目的としたアクションリサーチ。

コークスーン村はコーンケーン県の西部に位置する。調査では、県最南部ポン郡の三つの村も対象に加えた。このプロジェクトでは、来日経験のあるバンさんやヨーさん、複合農業を推進するイサーンオルタ農業ネットに関わる村のリーダーとも話し合い、長井市のレインボープランのような、まちの消費者を巻き込んだ活動を構想した。そこで、まち側にも農や食に対する問題意識をもち、ＮＧＯ活動に理解あるキーパーソンがいるポン郡を選んだ。

調査対象地は四つの行政区にある七つの村だ。イサーンオルタ農業ネットのメンバーで、この活動に興味をもった別の村のリーダーも参加し、コークスーン村の市場を参考に、仲間たちと一緒に村人自身が営む朝市の意義を考えていった。

どの村をみても、ほとんどの農民がサトウキビなどの単一換金作物栽培による弊害に悩まされている。数人の農民は複合農業へ、つまり「売るための農業」から「生きるための農業」に転換していた。ただし、複合農業はごくわずかの変わり者が行う農業で、点から面には広がっていない。

その要因のひとつに、売り先の問題があった。単一栽培では、業者に価格や売り先を牛耳られているが、販売に困るわけではない。一方、複合農業で少量多品目を作っても、自分で消費する以外は中途半端な量なので販売できない。おすそわけの文化が残り、親戚同士の物々交換は行われているが、範囲をより広くした交換の場が必要だった。朝市はそのニーズに合う。

コークスーン村では、バイクやピックアップトラックで外部から来る業者が七人いて、一日で一台あたり一〇〇〇バーツ近くの利益を上げていた。農家のほとんどが換金作物栽培に特化していたので、農民たちは自らが食べる野菜などを買うのだ。朝市が始まって、その業者は同じ村に住む一人だけになった。

村人たちによる市は女性が主役

　調査を進めると、朝市にはさまざまな効果があることが分かってきた。たとえば、労働の単一化を強いられる近代農業によってはじき出された高齢者や子ども、女性たちが参加できるから、村が活性化する。地域の豊かさは、いろいろな人たちが関わることでつくられていく。

　ＪＶＣ内部のＰＳＣ（プロジェクト・サポート委員会）の承認を得て、プロジェクトは「地場の市場づくり」という名称で二〇〇〇年にスタートした。僕は責任者としてタイに赴任し、イサーンＮＧＯＣＯＤの建物の一室に事務所を構え、約四年間働いた。

　最初の二年間は、二〇〇〇世帯前後の村レベルの朝市の強化と普及を目的とし、三年目にポン郡のどこかに直売市場を開くことを計画した。新しい建物を建てたり、直売所用の建物をレンタルしたりして、特化した店をつくるのではない。もともとある学校や病院、行政などのグループと結びついた直売市場の構想である。個と個を結ぶだけではなく、むらとまちを結ぶことを目的にした地域づくりを念頭に置いていたからだ。

小さな村の朝市から

市場委員会のチュアムさんは一九九九年にコークスーン村の朝市を視察し、これなら自分が暮らすヤナーン村でもできると考え、実際に調査期間中に村レベルの小さな朝市が始まった。プロジェクト開始後も、その朝市をヒントに別の村で同じような朝市が生まれた。

今回のツアーのメンバーが前日お世話になったのは、ポン郡ノンウェンソークプラ区のノンウェンソークプラ村とノンウェンコート村だ。国道二号線を南下した、いずれもコラート県との県境の村だ。一九九八年に行政上は二つの村に分かれたが、一つの集落である。二七〇世帯、一三〇〇人が住む。

この二つの村でも一九六〇年代から換金作物が奨励され、キャッサバやサトウキビの単一栽培農家がほとんどだった。だが、朝市の活動が軌道に乗ると少量多品目の野菜などの販売先があるから、複合農業を始める農家が増えていく。現在では、二〇%の農家が複合農業に取り組む。

ノンウェンコート村の朝市は、開かれたり中止になったりを繰り返してきた。ポン市の「むらとまちを結ぶ市場」が始まったときは、そちらの売り上げのほうがいいという理由で中止になった。現在では、村内にも需要があるとされて再開している。

どの村でも、朝市ができた当初は、同じ村の人にお金を介して売るのが恥ずかしいと考えられていた。おばちゃんたちは自分の前に子どもや孫を座らせ、いかにも子どもたちが販売しているように見せかけていた。でも時が経つにつれ、村人たちは少しずつこの市場に慣れ親しみ、村の日常的な風景になっていった。

お金を介すけれども、自分たちが主体の村の朝市であれば、村の資源の交換の場となる。売れ残れば、物々交換される。小さな朝市を通じて、おすそわけの世界が復活し始めたのだ。

むらとまちを結ぶ市場の誕生

森を生活の基盤とした昔の生活とは違い、子どもの教育費や医療費、冷蔵庫、テレビやバイクといった耐久消費財の購入などの支出が現在は必要だ。地域全体の収入を増やしていかなければ、村の朝市は小さな循環にとどまり、農民の生活向上に結びつかない。

僕たちは、その収入源を海外やバンコクなどの大都市に求めず、近くのまちを巻き込んだ活動へ進化させようと考えた。プロジェクト初年度に、調査地域の村の朝市をネットワーク化してまちの市場をつくるための委員会(市場委員会)を設立。それぞれの問題点を共有するため、繰り返し会議を重ねるとともに、まちのキーパーソンとの話し合いも重ねた。

市場委員会のメンバーは、僕たちの活動に理解を示したポン郡長を口説き落とし、ポン市にある郡役所の敷地内で市場を開くことが決まった。タイでは、郡の中心地が市に指定されている。ポン郡の中心であるポン市の人口は約一万二〇〇〇人だ。

二〇〇二年一一月四日、市場の開催セレモニーが盛大に開かれた。当初の会員は約一〇〇世帯。そのうち十数人が無農薬で栽培していた。現在の規約では、農薬と化学肥料を使わずに作られた作物(自生するものも含む)以外は販売できない。会員は約四〇〇世帯(五行政区一二村)に増えた。頻繁に売りに来る会員は約一〇〇世帯で、毎回一〇〇世帯以上が参加している。

各村の代表者一四名によって構成される市場委員会がこの市場を管理し、販売者は運営費として一世帯あたり一〇バーツを委員会に納める。

二〇〇四年からは、開催を週一回(月曜日)から週二回(月曜日と金曜日)に増やした。一世帯あたり一回の平均売り上げは、三〇〇〜五〇〇バーツ。地域の伝統惣菜や自家製のタレを使った焼き鳥などの加工品を販売して、五〇〇〇バーツを売り上げる会員もいる。一日の最低賃金が三〇〇バーツ、タイラーメンが一杯二五バーツという物価のタイで、この収入は大きい。

「少しずつだけど、借金が減るようになった」

「この収入のおかげで、二人の子どもを大学に進学させられた」

村人から、そんな声を聞くようになった。

昨日、ノンウェンソークプラ村で農園をまわっていると、ソムサマイ・ワンサーさんが農作業の合間に駆けつけてきた。二〇〇〇年代初めに僕が滞在していたころ、彼はサトウキビ栽培を大規模に広げたことが原因で、五〇万バーツの借金を背負っていた。農業だけの収入で返済できる金額ではない。その後、複合農業に切り替えて自分たちの朝市で販売するようになった。比較的高く売れる牛も売ったりして、その借金はほとんど残っていないという。

彼の仕事を邪魔するわけにはいかないので、詳細は尋ねなかった。家族の誰かが出稼ぎに行っているかもしれないし、彼自身も短期の出稼ぎに行って借金を減らしたのかもしれない。それでも、かつての深刻な顔つきではなく、確信をもった自信に満ちあふれた風貌に変わっていた。なんだか、とても嬉しかった。

たびたび行った村レベルの朝市とポン郡役所内の「むらとまちを結ぶ市場」の活動評価

では、市場の利点が村人たちからたくさん挙げられている。

①市場という憩いの場ができ、同じ村で一緒に生きているという共同意識が生まれた。

②化学肥料や農薬を使用せず、環境に負荷を与えない農業が実践できている。

③自分たちで販売するから直接的な利益が増え、農薬や化学肥料の支出も減らせた。

④朝市の運営と会計によって、組織運営能力がついた。

⑤自分たちの健康だけではなく、まちの消費者の健康についても考えるようになった。

⑥まちの消費者と信頼関係ができ、まちが身近になった。

⑦物やお金がむらと近くのまちで循環することの意義を学んだ。

⑧活動を見学に来る他の地域の人たちと知り合い、視野が広がった。

もちろん、問題はまだまだ山積みだ。たとえば、農薬や化学肥料の問題だ。この市場に関心をもったコーンケーン県保健局が残留農薬の検査に協力しているが、基本的には市場委員会のメンバーが、会員たちが本当に農薬と化学肥料を使っていないか、農村を巡回してチェックするという信頼関係で成り立っている。だが、日常生活に追われるメンバーはすべてを把握しきれていない。

会員が他の農家から買って販売したケースもあったようだ。また、市場の隅では、どさくさ紛れに、非会員が外部で購入したパンや菓子、果物などを販売している。市場委員会のメンバーが何度も注意するが、人間関係のこじれを気にする優しい村人たちは、強くは言えない。

NGOの役割

プロジェクトを進めるにあたっては、活動が現地の人たちの意志で始まったかどうかが重要となる。このプロジェクトも、アジア農民交流センターがヌーケンさんを日本に招き、彼が学んだことをヒントに自分の村で朝市を始めたことがきっかけになった。調査地域は、市場に興味のあるリーダーが住む村を選んだ。プロジェクト側が朝市に興味のない人たちに押し付けるのではなく、関心をもつ人たちのコーディネートに努める形で進行していった。

また、「雨が降ると大変だから屋根を設けてください」といったハード面の要望が村人から何度もあったが、ハード面の支援は一切しなかった。直接お金は落とさない。一方、たとえば市場の活動に参加するために有機農業を学びたいという農民に対しては、有機農業に取り組む農民がいる地域へ一緒に見学に行ったり、講師を招いて講習会を開いたりした。学ぶ機会の提供にかかる経費に関しては、プロジェクト側がサポートしたのだ。

依存心を与えるような活動は徹底的に避け、村人たちがもつ潜在的な能力や智恵を引き出すことに力を入れた。その舞台が市場である。

僕たちは、JVCが撤退しても村人たちによって活動が継続できることを心がけて、この「地場の市場づくり」プロジェクトを始めた。常に試行錯誤しながら活動している状況ではある。それでも、チュアムさんのように、この市場に思いを寄せる人たちによって、二〇〇六年のプロジェクト終了後も続いている。

時代が求めていた

一九八五年のプラザ合意以降、日本をはじめとして多くの国の投資がタイに流入していく。その恩恵を受けて、タイは毎年平均一〇％の経済成長を続け、国民一人あたりGDPは、一九八七年の一〇〇〇ドルから九六年には三〇〇〇ドルと、一〇年間で三倍に上昇した。

そんなタイに経済危機が訪れたのは、このプロジェクト調査が始まる二年前の一九九七年である。外資系企業の進出を積極的に受け入れ、一見上向きを続けていた経済が、株価暴落とバーツ下落によって急速に悪化した。それに連動してアジア通貨危機が起こり、タイはIMF（国際通貨基金）の管理下に置かれる。

一九九九年の調査のまとめの会議には、プロジェクト地域のリーダーやタイのNGOスタッフに加えて、WE21や実験村、置賜百姓交流会など日本の仲間たちも参加し、シアトル（アメリカ）から急いで戻って来たヨーさんも途中で駆けつけた。このときシアトルではＷＴＯの閣僚会議が開催され、市民の立場を無視したグローバル経済を推し進めるＷＴＯに待ったをかけるために、世界各国から一〇万人近くの農民、労働者、ＮＧＯメンバーが集結し、閣僚会議は決裂した。そのデモにヨーさんも参加していたのだ。

2003年から続くスリン市内の「緑の市場」

そうした時代背景のなかで、「地場の市場づくり」プロジェクトはスタートした。できるかぎり外部に依存しない地域経済の構築を大きな目的としたこの活動は、世界の市場化に翻弄され続けてきたイサーン各地の仲間たちに注目される存在となる。市場は「緑の市場」と呼ばれ、二〇〇三年にはスリン県のスリン市にも誕生した。現在はスリン市内で二カ所、周辺の郡で五カ所が開かれている。隣のシーサケット県との県境近くのラタナブリー郡やシーサケット県のラーシーサライ郡でも、新しい市場が始まった。

私たちが初日に訪れたコーンケーン市内でもイサーンオルタ農業ネットがコーディネートして、ヨーさんのクットタクライ村ではジェンウェンさんが中心になって、小さな朝市が開かれている。また、僕がタイでこの活動に取り組んだ当初、(株)三祐コンサルタンツのバンコク事務所長だった小田哲郎さんが、国際協力事業団(JICA)の活動の一環として、この市場を参考にして、マーハーサラカム県のボラブー郡の病院とコーンケーン県のノンシーラー郡にも市場を広めた。

「支援の終了後も村の人たちによって継続され、複合農業と無農薬有機野菜栽培が定着しているようです。若いカップルが村に帰って来るなど、この市場の取り組みが村人たちの生活の変化につながっています」

小田さんからは、そんな嬉しいメッセージも届いた。

ポン市の「むらとまちを結ぶ市場」には、他地域や海外からの視察が絶えない。新聞に掲載され、農林大臣も視察に来た。そうした出来事が市場づくりに関わる仲間たちに刺激を与え、継続の力になっている。この市場は一五年間でさまざまな波及効果を生んだ。そして、イサーンの人びとの灯火となって、たくましく息づいている。

その活動は日本でも高く評価され、アジア農民交流センターは、「タイで地産地消を提唱」したという理由で、二〇〇六年八月に第一八回毎日国際交流賞（現・毎日地球未来賞）を受賞した。海外視察は手弁当で行き、海外からのゲスト招聘はカンパを集めるような小規模な団体が受賞したのは、異例だったという。

時代の過渡期は創造期

「地場の市場づくり」プロジェクトは、レインボープランから多くを学んだ。市民主導のレインボープランを始められたのは、政治においても経済においても、誰もが確信をもてずにいた過渡期だったからだと菅野さんは振り返る。

「時代の過渡期は創造期でもある。だからこそ、レインボープランのような事業がどんどん地域に活かされる時期だと思うよ」

菅野さんは、それを「批判と反対から、対案と建設へ」という言葉でまとめる。批判と反対だけの時代は終わり、民と官がともに対案を提起する時代が始まったと言う。

「地場の市場づくり」も、まさにそうだ。国レベルの経済の崩壊に加えて、農民たちは国や企業主導の換金作物栽培奨励に翻弄され続けてきた。さらに、とどめとなるサトウキビ栽培によって農民たちは莫大な借金をかかえ、大規模な換金作物栽培に未来がないことを身にしみて感じていたときである。そうした農民たちの気持ちが一致して、地域の行政をも巻き込んで、対案としての「むらとまちを結ぶ市場」が生まれた。

換金作物栽培は、地域を知らない国や企業によって進められる。そして、国際情勢をにらみながら販売価値がある作物(商品)を決め、種子、化学肥料、農薬などを用意し、販売先も掌握する。だが、企業はより条件のよい場所があれば、その土地(工場)へ移る。

これに対して「地場の市場づくり」では農民自身が生産から販売に至る決定権を取り戻し、利益も生む。菅野さんの言葉でいう「理と利」がほどよく調和され、活動の持続性に結びついている。

優しさのおすそわけ

ポンポン市の市長としてこの活動を支援し続けたスワット・アンスワンさんは体調を壊し、市長を退任したばかりだったが、今回も僕たちの訪問を歓迎してくれた。

東日本大震災を思い出す。俗に「ニッパチ」と言われるように、商品の売り上げは二月と八月に下がる。僕の居酒屋の売り上げも毎年悪く、三月・四月の歓送迎会でマイナス分を挽回する。二〇一一年は、その時期に東日本大震災が起きた。以来約三カ月間、大きな宴会の予約は入らない。さらに計画停電が重なる。

テレビでは生活感のない芸能人が「数時間電気を使えないことぐらい我慢しましょう」

と言っていたが、居酒屋にとって、夕方の時間帯の計画停電が何日もあったのは死活問題だ。史上経験したことがない一大事が日本で起きているにもかかわらず、僕はそんな芸人の言葉に苛立ち、そして店のことばかりしか考えられない自分が嫌になった。

そんな消沈した気持ちの支えになったのが、タイの仲間たちの優しさのおすそわけだった。スワット市長を中心に、「地場の市場づくり」の仲間たちとヨーさんたちが、支援コンサートを企画したのだ。

二〇一一年三月二九日、ポン市で東日本大震災支援コンサート「タイと日本――津波に闘う思いは一つ(HAND IN HAND HEART TO HEART FROM THAILAND TO JAPAN)」が開かれた。第８章に紹介するスースーバンドやカラワンバンドに加えて、地域の小学生の音楽グループも歌や踊りを披露。そこで集まった募金は、同じくバンコクで開催された支援イベントを通じて日本に送られた。

僕はその四カ月半後の八月、津波と原発事故の被害を受けた地域への直接的支援に関わることができなかった代わりに、店のお客さんや仲間たちを誘ってタイに出かけ、「ありがとう」の気持ちを伝えた。

「二〇〇四年に起きたスマトラ島沖地震で、タイ南部がＴＳＵＮＡＭＩの被害を受けたとき、日本の仲間たちは真っ先に駆けつけて支援をしてくださいました。ここポン郡には、たくさんの日本の仲間が交流に来ています。その仲間たちの安否を気遣い、支援コン

畑づくりと植林が同時に行われ、再生し始めた百年の森(2006 年)

サートの実行を決めました」

スワット市長の言葉から、おすそわけの精神を強く感じた。いつも行動力のある彼らには、頭が上がらない。

百年の森構想

チュアムさんが暮らすポン郡ペックヤイ区にあるヤナーン村も訪れた。

かつてこの村の片隅に、「仏の丘」と呼ばれる豊饒な森があった。伐採したら仏の怒りが村まで届くと言い伝えられてきた森である。しかし、時代は変遷。一九六〇年代後半になるとケナフやキャッサバなどの換金作物栽培が奨励され、この森までも切り開かれることになってしまう。「金の力」が

百年の森構想によって蘇った「仏の森」をゆっくり踏みしめる仲間たち

「信仰の力」を超えたのだ。

一九七〇年代後半から、その森の回復運動が始まる。ポン郡にとっても大切な地域だったため郡役所も協力し、ユーカリなどを何度か植えて回復を試みたが、一度失った森はなかなか元に戻らなかった。

時は経ち二〇〇〇年。この村に朝市が誕生し、少量多品目の野菜を売る場所ができた。村のリーダーたちの提案で、仏の丘でも野菜栽培が始まる。その際、高木になるタガヤサンやインドセンダンなどの植林を義務付けた。単なる野菜作りではなく、自分たちの利益につながる野菜作りと子孫に残すための森づくり(百年の森構想)が同時に進められたのだ。

朝市で販売できる質の良い野菜を育てるために、水やりなどの管理を村人たちがしっかり行い、苗木もすくすく育ち始めた。こうして、わずか数年で「仏の丘」は一面の緑に生まれ変わる。当時のチュアムさんの言葉は忘れられない。

「この木々が大きくなれば、やがて野菜作りはできなくなります。でも、これは私たちの子孫に森を残すための計画です。みんなの力で百年の森をつくっていこうじゃありませんか」

村人たちによる小さな市場は、タイの仲間たちだけではなく、日本の僕たちにも大きな夢と希望をもたらしている。

第6章 お酒から考える自由と平和

第７回「日本酒じゃぶじゃぶ」(2017年)。毎年、日本酒に情熱を注ぐ蔵元と飲食店が集まる〈写真提供：一滴の会〉

焼酎蔵巡りの旅

今回の旅の参加者のひとり内藤信哉さんと初めて出会ったのは一九九五年二月。僕がJVCのボランティアとして、東北タイに一年間滞在していたときだ。そのころ内藤さんは久留米市(福岡県)の公民館でボランティア育成講座を企画し、その一環でタイに受講生たちを連れて来られた。僕はそのコーディネートと通訳を任され、彼らと一週間タイの農村をまわった。

その後、そのボランティア育成講座に参加した第一期生たちが中心になって、久留米海外ボランティアサークル(KOVC)を設立。現在はNPO法人格も得て、久留米地球市民ボランティアの会(KOVC)となり、国際協力や環境問題に関わる講座やイベントの開催、カンボジアへの支援活動などに取り組んでいる。

僕が居酒屋を開業する直前の二〇〇七年二月には、この会が行う国際協力講座の講師として招かれ、その機会にあわせて焼酎蔵巡りの旅に出かけることにした。その旨を内藤さんに伝えると、内藤さんは訪問先への連絡だけではなく、有給休暇をとって車で同行してくださった。

米を原料とした球磨《くま》焼酎に興味があったので、熊本県の球磨地方(人吉市、球磨郡)を中

2012年にご来店された寿福絹子さん（左）と亮子さん

心に、宮崎と鹿児島もまわった。なかでも印象的だったのは、寿福《じゅふく》酒造場（人吉市）の訪問だ。うちの店でも、寿福酒造場が醸す米焼酎「武者返し」と麦焼酎「寿福絹子《きぬこ》」は人気が高い。すでに三人のお客さんが寿福酒造場を訪れている。そのひとり佐藤仁俊《きみとし》さんは代表で杜氏の寿福絹子さんと親しくなり、東京に来られた寿福さんと娘の亮子さんを当店まで連れて来られたこともあった。

　さて、その球磨焼酎のお話。焼酎のルーツは球磨焼酎にあると言われている。一五五〇年ごろに朝鮮半島から球磨に焼酎造りの技術が伝来した。当時、球磨を治めていた相良藩《さがらはん》は球磨川の下流の八代《やつしろ》まで勢力を伸ばし、朝鮮と貿易を行っていたからだ。

　球磨の語源は山襞《やまひだ》に由来する。球磨盆地は険しい自然に囲まれた地形で、他地域と隔絶していたため、相良藩は多くの隠し田《だな》を有していたという。また、球磨川の良質な水や、寒暖の差が激しい気候と風土は、稲作に適していた。そうした背景から米を原料とした球磨焼酎が生まれる。

焼酎の蒸留方法には、常圧蒸留と減圧蒸留の二つがある。常圧蒸留は、文字どおり通常の圧力で蒸留する伝統的な方法。原料がもつ旨味だけではなく、焦げ臭や雑味も含まれるが、素材本来の味が味わえる。ただし、貯蔵によって風味を芳醇にするため、手間と時間を要する。一方の減圧蒸留は、蒸留時に圧力を下げ、低温で蒸留する。雑味を抑え、マイルドな味わいとなるので、焼酎をふだん飲まない人や女性にも人気がある。

飲みやすい焼酎が流行ったこともあり、一九七〇〜八〇年代にかけて、多くの球磨焼酎が減圧蒸留で造られるようになったが、寿福酒造場は昔ながらの伝統ある常圧蒸留にこだわった。使用する米は新米、出荷するすべてを三年以上寝かし、より甘味ある焼酎を造りあげている。

「武者返し」や「寿福絹子」を口に含むと、球磨焼酎の蔵で唯一の女性杜氏である絹子さんの情熱と優しさに満ちあふれた人柄が伝わってくる。

一滴の会

大事な日本酒の文化を飲食店の立場から底上げできないかと、地酒にこだわる横須賀市追浜《おっぱま》の酒屋・掛田商店(掛田薫社長)を通じて出会った神奈川や東京の飲食店仲間が集まり、「一滴《ひとしずく》の会《かい》」が産声を上げたのは、二〇一〇年四月のことだ。僕もその立ち上げの会に参加する機会を得た。一滴の会は、酒蔵見学や蔵元を講師とした勉強会を通じて、日本酒の面白さと奥深さを学び、日本酒とそれに合った食文化の継承に努めている。

その一年後に、東日本大震災と原発事故が起きた……。

日本酒を通じて、東日本の酒蔵の思いを少しでも分かち合うことができないか。二〇一一年六月、一滴の会は被災地の酒蔵と一緒に「東酒じゃぶじゃぶ」というイベントを開催する。参加した約二五〇人のお客様に、蔵元は日本酒、飲食店は料理を提供し、交流を盛り上げた。

このとき乾杯のお酒となったのが、福島県浪江町の鈴木酒造店（九四ページ参照）が醸した「磐城《いわき》壽《ことぶき》」。参加者たちは、掛田商店にわずかに残っていた「磐城壽」を手に、鎮魂の祈りを込めた。そのときは、鈴木酒造店が長井市で日本酒を造ることになるとは思ってもみなかった。

翌年以降は、つながりのある全国の酒蔵の協力も受け、「日本酒じゃぶじゃぶ」が毎年恒例のイベントとなる。僕はそのフライヤー（宣伝チラシ）に毎年、文章を書かせてもらっている。

「行き着くところまで来て、ようやく大人の心を持たなければならないことに気づき、おいしい日本酒を飲むとき、また童心に戻る。そして酔いしれる。いまここにある一滴を次の世代の子どもたちに継承していかなければならないと。

自然を凌駕するのではなく、自然と共に生きていこうという気持ちを持てば、土やお酒の世界にいる小さな生き物たちは、私たちを鼓舞してくれるに違いない。

そして、この一滴の思いは、やがてじゃぶじゃぶと、次の世代に向けた大きな潮流となるだろう。

田畑の見える大地を子どもたちが駆け巡り、大人たちが日本酒を輪にして和んでいる、そんな風景が未来永劫続いていくことを願って」

僕たちは、ついつい「変革、変革」と新しいものばかりを求めてしまうが、このたかだか半世紀で、逆に多くの大切なものを失ってきた。行き着くところまで来た現代社会で、それぞれの地域で、いま失いかけている文化や地域の主体性を取り戻し、次の世代に継承していかなければならない。僕たち飲食店は、日本酒とそれに合った食文化を守っていくことが大事な役割だ。そんな思いをこの文章に託した。

〝旨い〟の先にある〝幸せ〟

恒例となった「日本酒じゃぶじゃぶ」は、蔵元と飲食店がペアを組み、打ち合わせをしながら出店する酒を決め、合う料理を提供している。二〇一七年五月一四日に開催された第七回では、一四の蔵と二〇近くの飲食店が参加し、約二五〇人のお客様を受け入れた。

僕は、久留米市三潴《みづま》町にある杜の蔵という酒蔵と組んだ。この酒蔵と組んだのは四回目で、店のオープン以前から親しくさせていただいている。

杜の蔵との出会いは二〇〇七年二月、前述の焼酎蔵巡りのときだ。多くの仲間がいる久留米に「独楽蔵《こまぐら》」という銘酒を醸す蔵があると知り、見学を希望。突然の連絡であったにもかかわらず、当時常務で現社長の森永一弘さんが丁寧に蔵を案内してくださった。

杜の蔵の創業は一八九八（明治三一）年。筑後川によって豊かな自然環境に恵まれた三潴の周囲は米どころとして知られ、古くから酒造りが営まれてきた。久留米市だけでも一五の酒蔵があるという。杜の蔵は二〇〇五年から、生産する日本酒の全量をアルコール添加しない純米酒に切り替え、九州初の純米酒蔵となった。酒米はすべて福岡県産を使用し、熟成したお酒や燗に向くお酒など、食事とともに楽し

「美味しいお酒だからこそ燗で！」と燗酒を提供する、森永一弘さん（第7回「日本酒じゃぶじゃぶ」）

む酒造りに力を入れている。また、地元伝統の粕取焼酎や福岡県産の二条大麦を使った本格麦焼酎も醸す。

「美味しいお酒だからこそ燗で飲んでください」

森永さんの情熱のある声を今回も再び、聞くことができた。

杜の蔵は、日本酒の醍醐味として、次の五つを提案している。
①純米酒を、②ほど良く熟成させて、③湯煎で、④お燗をつけて、⑤平盃で飲む。
「燗にしたお酒を飲むと内臓が温まり、食べ物の消化も良くなります。そして何よりも、隠れていたお酒の美味しさが燗をすることで見えてきます」

純米酒をじっくり燗銅壷《かんどうこ》で温めて、舌全体に味が広がる平盃でたしなむお酒は、スローフードであり、健康飲料そのものだ。燗にしたお酒を飲む前に、まずその香りをかぐだけで、一日の疲れがス〜と身体から抜けていく。「燗にしたらもったいない」という言葉をよく聞く。だが、逆に、冷たくしたらもったいないお酒のほうが多い。

日本酒造りが確立された江戸時代には、時代劇でも見られるように、燗で飲むことが一般的だったという。一般的な燗に対しての「冷や」。よく間違えられるが、冷やしたお酒は「冷酒」で、「冷や」とは常温の酒をいう。燗酒にして日本酒を提供することは、お客様へのおもてなしなのだ。

コハク酸や乳酸菌の多い日本酒は、温めてこそ旨味が引き出される。吟醸酒・大吟醸酒が流行り、その適切な管理を考えて冷蔵庫に入れているため、いいお酒は冷やして飲むというイメージがつくられたようだ。

杜の蔵は、多様化した料理に合わせた日本酒造りにもこだわっている。「日本酒じゃぶじゃぶ」の一回目と二回目は燗酒の銘酒として知られる「独楽蔵　玄」、そして前回と今回は「独楽蔵　悠《はるか》五年　純米古酒」を燗酒として提供。それらに合わせて、前回はタイ料理、今回はカレー風味の料理とした。

「え〜、タイ料理に日本酒？　カレー味と日本酒？」というお客様からの声を聞きながら、そのマッチングを楽しんだ。「悠五年」は、五年以上寝かせた古酒。今回のものは、九年間寝かせていたという。

「九年間、冷蔵庫にも入れず、屋根裏で大事にほったらかしたお酒です」

森永さんはそんな冗談を交えながら、お客様との交流を盛り上げた。

その熟成した日本酒が、タイ料理やカレー風味の独特の味を優しく包み込んだ。

「お肉料理や油物、中華料理やスパイシー系など、日本人の食べ物は以前と比べて多様化しています。従来の品のある日本酒だけでなく、そうした現代の食に合った日本酒を造りたい、日本酒がもつ潜在力や可能性を十分に発揮したいという思いをもって、この悠五年を造りました。寝かせた日本酒、古酒は、原酒でチビチビというのがほとんどです。でも、この悠五年は、もう少しガブガブと飲んでもらいたいという気持ちから、アルコール度数を低めの一四度にするなどの工夫を加え、飲みやすい古酒に仕上げています。僕たちは『ガブ飲み古酒』と呼んでいますよ」

会終了後は、蔵元さんたちとの懇親会もあり、僕もじゃぶじゃぶと、ガブガブと、日本酒を飲んだ。

「〝旨い〟の先にある〝幸せ〟を届けたい」

燗酒を来場者に提供するとき、森永さんが何度か口に出していたので、ここで言う幸せとは何かを聞いてみた。

「この言葉は、僕が二〇一一年に代表に就いたときに定めた弊社の理念の一部です」

森永さんは、大学卒業後すぐに蔵を継がず、四年間、東京の大手デパートで働き、一九九八年に実家に戻った。働き始めて一年目のある夜、疲れて帰宅した後に飲んだぬる燗に、〝旨い〟では言い表せない、身震いするほどの感動を覚えたという。それをあえて言葉にするなら〝幸せ〟なのだろうと。

「その日以来、誰よりも〝幸せ〟にお酒を飲んでいるように思います。そして、お客様にもこんな気持ちを味わっていただけるのであれば、お酒というものを生み出す側にいるわれわれも〝幸せ〟だと思っています」

美味しい日本酒は、僕たちの心に円熟味を与えてくれる。

しっかりとした日本酒は超熱燗で！

燗酒を愛する竹鶴酒造の杜氏・石川達也さんとペアを組んだ年もあった。竹鶴酒造は、「安芸の小京都」とも呼ばれ、重要伝統的建造物群保存地区にも選定されている広島県竹原市で、一七三三（享保一八）年から酒造業を営んでいる。ニッカウヰスキーの創始者である竹鶴政孝の生家としても知られる。現社長は竹鶴敏夫さん。

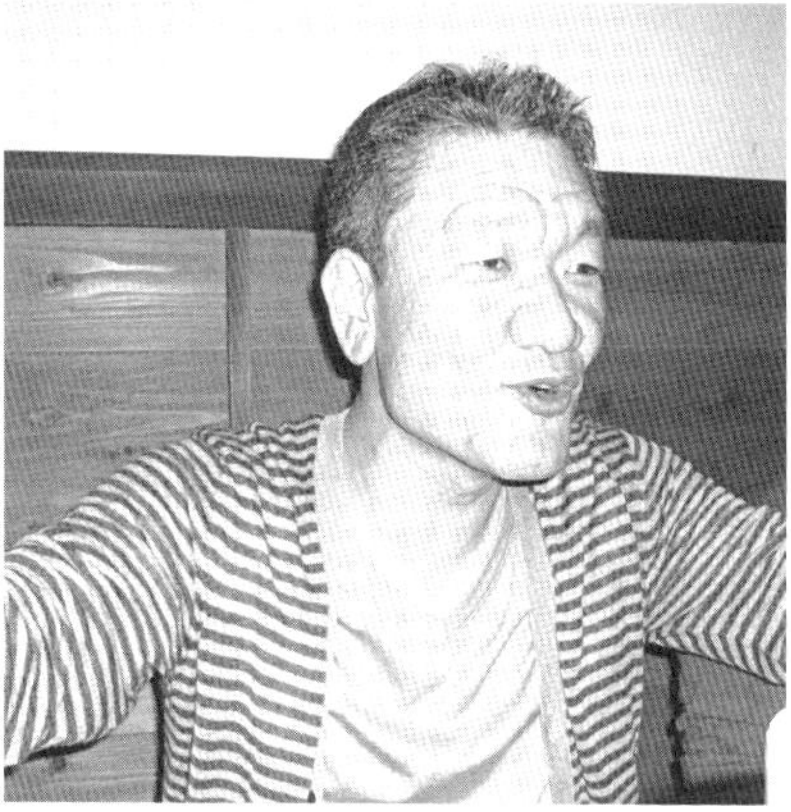

2013年にご来店された酒造界のゴジラこと石川達也さん

「このお酒は何度ぐらいの温度につけるのがベストですか？」

というお客様からの質問に杜氏は答えた。

「蔵人たちと日本酒を飲むときは、超熱燗（飛切燗）につけますよ」

そうすると、当たり前であるが温度は徐々に下がっていくので、色々な温度の日本酒の味や料理との相性を楽しむことが出来るからだと言う。

そして、吟醸香のお話。石川杜氏は、吟醸香ばかりを追求する最近の日本の酒造界に疑問を感じている。とくに、カプロン酸エチルという特定の香りを高くするための酵母開発が進んでいるが、香りが強いお酒は飲み飽きるし、料理の味を邪魔する、さらに燗にすると鼻につくと、欠点を挙げた。

「私は、日本酒の持ち味を、その度量の広さだと考えています。つまり、☆いろんな温度で飲んで楽しめる☆幅広く料理と合わせて楽しめる☆熟成による変化もまた楽しめる、といった、どのようにしても楽しめる懐の深さが、日本酒の真骨頂だと思うのです。この三要素を満たし、かつ飲み飽きずに飲み続けられる酒なら、それは秀でた酒だと言えるでしょう」(石川達也「間違いだらけの酒常識」竹鶴酒造)

日本酒のサイズ?

横須賀で開かれた石川杜氏の講演会の内容も、興味深かった。

講演は、工業デザイナーの秋岡芳夫氏のお盆の話から始まった。もともとお盆は女性の腰のサイズに合わせて作られ、その幅は一尺二寸(約三六センチ)。その基準を度外視して、美しさや見栄えばかりを考えるデザイン重視ではなく、あくまでお盆(道具)と日常の生活の関係性を大切にすることを、作品の根底に置いたという。

石川杜氏は、その話を日本酒に置き換えた。日本酒の原料も技量も進歩しているのに、日々のお酒として飲まれていないのはなぜか？　それは、お盆でいうところのサイズを軽視して造られているからではないか？

続いて醗酵の話になった。有機農業でも、堆肥の醗酵、完熟堆肥は大事だ。日本酒も美味しいお酒を造ることだけにとらわれて、醗酵がおろそかになっているのではないか。江戸時代に比べると、美味しいお酒は今のほうが多いかもしれない。しかし、日本酒が日常のお酒として愛されていた江戸時代には、醗酵、お盆で言えばサイズを重視した酒造りが行われていたのではないか。

では、何をもって醗酵したお酒というのか？　完全に醗酵しているかどうかは、化学的には表現できない。石川杜氏は、あるお酒を飲んでお腹がすくかどうかが一つのバロメーターではないかと、突飛な話を始めた。

あるとき京都のバーで、ワインにうるさい人たちが共通して飲ませたいと薦めるイタリア製ワインを飲んだそうだ。初めはあまり美味しいと思わなかったが、飲んでいくうちに、グラスを重ねたという。そのうち無性にお腹がすき、その日は仲間とハシゴして食べ続けたという。お酒と料理の関係性を考えたとき、単に料理の邪魔をしないお酒ではなく、また、表面的な香味のお酒と料理の相性でもなく、お酒を飲んで料理が欲しくなるかならないか、ではないか。

では、何をもって美味しいというのか？　化学調味料を使った食べ物や出来合いの食べ物でも、美味しく感じるものもある。それなりに味を甘くすれば、万人受けする。だが、その甘味だけではなく、それぞれの味が集まること、複雑な旨味を引き出すことが、日本酒造りに求められているのではないか。

たしかに石川杜氏が醸すお酒は、日本酒度の高いものが多い(日本酒度は、日本酒度計という比重計で測定される。糖分が多ければ日本酒度計が浮き上がり、マイナスの数値が大きくなる)。そして、酸味を感じるお酒である。

「酒造界では、酸を悪者扱いしてきた歴史があります。何十年か前までは、酒が腐ることも珍しいことではありませんでした。酒が汚染されると酸が増えます。その怖さがのちのちまで引きずられ、とにかく酸を低くする造り方が受け継がれてきました。昔の酒と今の酒では、その味もずいぶん違いますが、特に酸度は顕著に低くなっています」(「間違いだらけの酒常識」)

石川杜氏は、ご飯のような酒を造ろうとしている。これまでの話で分かるように、ご飯のような味のするお酒ではなく、ご飯のように合わせる料理を選ばないお酒だ。石川杜氏は、ご飯の味が美味しくなっているにもかかわらず、日本人のご飯離れが進む現状を、日本酒と比較する。本来、ご飯はそれだけで完結するものではない。にもかかわらず、ご飯の旨味や甘味を良くすることだけにとらわれすぎているのではないか。ご飯と一緒におかずもすすむ、お酒と一緒に酒肴もすすむ、そんな関係性だ。

石川杜氏はまた、生酛《きもと》造りの名手として知られている。生酛造りは、他の雑菌から酵母を守る役割をもつ乳酸菌を自然に育てる製法だが、石川杜氏の生酛造りは、乳酸菌だけではなく、酵母菌も添加しない。

「最高の生酛造りを目指しているのではない。生酛造りは、酵母の質を高くし、完熟醗酵する可能性が高くなる。だから生酛造りに行き着いた」

生酛造りは、あくまでも、お酒が醗酵しきるための手段にすぎない。

「醗酵しきっていないお酒を飲むと内にこもり、しゃべらなくなる。そうではなく、おしゃべりをしたくなり、人と人とを結び、そして人間らしく、人間に生きる力、生きようとする力を与えてくれる、そんな日本酒造りを目指しています」

江戸時代に確立された生酛造りを、不易流行という言葉とともに、現代に合わせて実現する石川杜氏。その迫力は圧巻だ。

ドブロク文化を取り戻す

話は再びタイに。旅の最後に登場するスースーバンドに、「密造酒」という歌がある。以下はその歌詞の一部。

さあ　さあ　こっちに来て密造酒を飲もう
火をつけた瞬間に燃え上がるほどの密造酒を…
めまいもせず　だるくもなく　二日酔いもせず　飲めば力が湧いてくる
俺たちの田んぼからもってきた　透明な　森からのお酒…
政治家たちはウイスキー　ブランデー　洋酒を飲み　大臣は高級ワイン
俺たちは工場で造られた安酒を飲み　偽の焼酎飲んで　頭と身体を痛めて二日酔い…
自由の酒　造る自由はどこ行った
密造酒を飲もう　密造酒を飲もう

タイでは一九五〇年に制定された酒税法によって、人びとによる酒造りが禁じられた。農民たちにお酒を造らせると治安が悪くなる、との言い分だ。しかし、その目的は、国の財力をつけるための税収増だった。酒造りは独占企業の行為となり、農民たちは造る自由を奪われた。

だが、もともと農民たちは、米を作り、プラーデックという魚の塩辛を作り、料理を作り、そしてドブロクを造る。そうした行為は生活の一部だった。また、日本と同様に、お酒は神様へのお供え物であり、お酒を造る行為は伝統文化に則った先祖への恩返しと言い伝えられてきた。その文化が断ち切られてしまったのだ。

僕がタイに滞在していた二〇〇一年一一月、コーンケーン市内にある湖のほとりで、「自立を求めたイサーンの智慧」と題したイベントが、イサーンＮＧＯＣＯＤのメンバーらによって開催された。会場ではドブロクや数々の手工芸品が販売され、織物や堆肥づくりの実演も。中央部のステージでは、農民リーダーや活動家たちが討論会を開いた。農民たちが継承してきたイサーンの智慧、村の文化を町の人びとに知ってもらい、同時に農民たちが地域の智慧がもつ価値を再確認することが目的である。

このイベントでは、農民たちによる手造りのドブロクも販売された。ところが、数日後に、販売した二〇人以上の農民が捕まったのだ。

支払った罰金と酒造りの器具の返還を求め、各県から仲間がコーンケーン市内に再結集。一時間以上デモ行進をした後、県庁内で、村人のリーダーと副知事の数時間にも及ぶ話し合いが続く。強制的な取り締まりの非を訴え、粘り強く交渉した結果、罰金と器具の返還を勝ち取った。

このデモを皮切りに、酒税法より上位に位置づけられる憲法の地方への権限分散の条文を掲げて、ヨーさんたちが立ち上がり、酒造り容認運動を展開していく。北部タイでは一万人が集まり、南部タイやバンコクでもドブロク集会が仕掛けられた。

こうして翌年の二〇〇二年、ドブロク造り、続いて蒸留酒造りが解禁された。個人が勝手に造って飲むことは禁じられているが、協同組合や会社として登録された法人であれば、酒造りと販売が合法化されたのだ。村人たちが独占企業数社によって造られる低品質の蒸留酒ばかりを飲まされていたことを考えると、この運動は画期的な意味をもつ。

農民支援策が主体性を奪う

ヨーさんの村では協同組合をつくり、「ラーオ・サマッチャー」という蒸留酒造りを始めた。「ラーオ」は「お酒」、「サマッチャー」は「フォーラム」とか「連合」を意味する。ヨーさんが相談役を担う「サマッチャー・コンチョン(貧民連合)」から取った言葉だ。

蒸留はヨーさんの家で行われた。そこで活躍するのは、ヨーさんの奥さんをはじめとする女性たち。できあがった蒸留酒は一本五五バーツで販売した。税金と経費がそれぞれ一五バーツだったので、純利益は二五バーツ。工場製造の酒は一本七〇バーツだから、酒代の支出が減り、村人たちが造った酒の利益は村内で循環した。

ところが、今回訪問してみると、蒸留所が休止している。僕は理由を聞いた。

「インラック政権のときに米の買取価格が高くなり、みんな直接お米を売ったんだよ」

インラック元首相はタクシン・チナワット元首相の妹。二一世紀のタイの政治は、常にタクシン元首相とともに語られる。彼は携帯電話サービスを手がけるタイ通信最大手のシン・コーポレーショングループ(現インタッチ・ホールディングス・グループ)を育て上げた、有数の実業家である。一九九四年に政界に転じて、二〇〇一年に首相に就任。国民誰もが三〇バーツを支払えば、一定限度の医療サービスを受けられる制度を筆頭に、農民の負債の返済の三年間猶予、各村に一〇〇万バーツを配分する村落基金、農村の特産物を振興する一村一品運動など、ポピュリスト的政策を公約に掲げ、農民の圧倒的な支持を得た。

だが、タクシン一族がシン・コーポレーションの株をシンガポール系企業に売却した二〇〇六年に不正疑惑が浮上し、同年の軍事クーデターで失脚。公職追放処分を受けた。その五年後、二〇一一年にインラック政権が誕生する。タイで初の女性首相だ。

彼女は首相に就任するとすぐに、米担保融資制度を始めた。政府が市場価格の一・五倍で米を買い取る制度で、稲作農民から絶大な支持を得る。しかし、米価の上昇によって一気に輸出が減って米輸出世界一の座から転落し、国に多額の損失を与えた。また、米担保融資制度をめぐって、政治家・精米所・輸出業者間で汚職が広がる。こうして二〇一四年にプラユット陸軍総司令官による軍事クーデターが起き、インラックは軍に身柄を拘束された。その後、彼女は国外へ逃亡し、二〇一七年九月に最高裁判所で禁固五年の実刑判決が下された。

他の地域でも、インラック政権時に、農民自らが米を精米する活動やお菓子に加工する活動が休止されたという話を聞いた。米価を保証する農民支援の政策が、逆に農民の主体性を奪ってしまったのだ。

タクシン一族の騒動に続き、軍事政権下にあるタイの政治。この混乱はまだまだ続きそうだ。落ち着きを取り戻し、ヨーさんの村での酒造りや農民主体の活動が再開することを願わずにはいられない。

生産する自由を取り戻す

日本でも個人による酒造りが禁止されて一二〇年近くの歳月が経つ。江戸時代には商人が営業許可書の代償という形で税を支払う冥加《みょうが》金制度があり、酒造業者にも税が課されることはあったが、自家醸造は許されていた。だが、財政力に乏しい明治政府は酒税の徴収を始める。やがて、自家醸造者にも課税した。一八九四(明治二七)年の日清戦争によって財政は窮乏し、酒造税が増額される。そして一八九九(明治三二)年に自家用酒造が禁止され、税率も引き上げられた。その五年後に日露戦争が始まる。

以後ドブロクは密造酒となり、罰金を払えない農民たちは次々に捕まったという。以下、『ドブロクをつくろう』(前田俊彦編、農山漁村文化協会)に収録された真壁仁氏の論文「自立、自醸、自給の思想」から引用する。

「百姓のどぶろくつくりを『密造』と定めた明治三二年以降、大正時代にかけても、造ることはやめなかったし、懲役志願者も絶えなかった。秋田県の例では、明治四一年の密造犯則者の数が、八二七人（うち女性五一六人）、大正六年は二二一二人（うち女性一〇一一人）という記録があり、盛岡では大正三年から五年まで密造者として囚われた人の数が二四二人（うち女性九四人）であった」

「ドブロクを飲むのは男たちだけど、造ったのは私たち」と囚われていく女性が多かったという。家を統制する主婦のことを家刀自《いえとじ》と呼び、酒造りの総責任者である杜氏の由来とも言われている。

日本でもタイでも、お酒造りは地域の伝統文化である。ところが、戦争や経済発展のために、お酒を造る自由が奪われてきた。お酒の神様は、人びとが争う戦争や経済発展の陰で起きている環境破壊なんて、望んではいない。

『ドブロクをつくろう』が世に出たのは一九八一年。僕は中学一年生だから、もちろんこの本の存在は知らない。このころ、全国の中学校は校内暴力に荒れていた。近ごろの子どもたちは自由が多すぎる、おとなが自由を与えすぎている、という論調が強かったが、当事者の中学生たちのほとんどは、そうは思っていなかった。前田さんも同様で、「本当の自由が欠乏している」世の中を憂えていた。以下、再び『ドブロクをつくろう』から前田さんの文章を引用する。

「彼らも通学しているというかぎりでは生産者としての知識の獲得をこころざしているものといわねばならないが、その生産者であろうとする自由な志とはなんら関係のない枠組みによる基準、つまり子供たちがこころざす自由な生産者となるのに必要な知識ではなく、他者からの支配にたいして従順な人間となるのに必要な知識の蓄積を要求する基準、そういう基準によって進学のみちが遮断された子供たちは、みずからの破壊をも承知のうえで基準を強制するものへむけて志を爆発させざるをえないだろう。……解放は〝○○をしなくてもよい〟から〝○○をすることができる〟自由への解放でなければならぬこと、さらにその自由は人間が生活していくのに必要な物や情報を獲得するにあたっての選択の自由よりそれらを自分で生産する自由の獲得でなければならぬということであった」

農産物の貿易自由化の問題が出てくると、僕はいつもこの本のこのフレーズを思い出す。生産者の決定権、生産する自由を奪う自由貿易とは、いったい何なのか。

平和な社会を構築するということを改めて考えてみると、その根底にあるのは人びとが生産する自由を取り戻すことではないか。紛争や戦争がない社会を築くことはもちろん、人びとが上からの枠組みに翻弄されず、安心して暮らすことのできる世の中の創造だ。たとえばヨーさんたちのように、国の農政や大企業の意向に左右されずに、複合農業を営む人たちや、「むらとまちを結ぶ市場」という人びと主体の舞台を創った仲間たち。彼らは少しずつ、生産する自由を取り戻し、安心して暮らすことのできる平和な地域社会を創っている。

僕たちは、美味しいお酒と食べ物を選ぶことから始めよう！　次章は食を見つめる。

第7章 食をみつめる

ヨーさんの村の宴会で、お母さんたちが
腕を振るって用意してくれた郷土食

食の変容

僕は学生時代から居酒屋を経営したいと漠然と思っていたが、長くアジア農民交流センターの活動に関わってきた。それは、決して遠回りをしたわけではない。この交流に関わって、居酒屋で提供する食について多く学ぶことができたからだ。

「日本の農業が滅びても、百姓は何ともないですよ。痛くも痒《かゆ》くもない。自分の食う分は作りますから」

これは、農をよく知る共同代表・山下惣一さんからわれわれへの警告である。農の問題は僕たちが日々食べている食の問題なのだ。

農の変容は食の変容。

日本の敗戦は飢えから始まったが、一〇年後の一九五五年は米の大豊作。三種の神器と呼ばれた冷蔵庫、洗濯機、白黒テレビに加えて、電気炊飯器も販売され、空前の大ヒット商品になる。

一九五六年にはキッチンカー登場。アメリカ農務省の代行機関であるオレゴン小麦栽培者連盟と日本食生活協会が契約し、料理指導・栄養指導が行われた。当初の八台から一二台に増えたキッチンカーは、沖縄以外の全国の保健所をまわる。安くて美味しい料理づくりの提案、実践、試食が行われ、その献立の一品は小麦を使う料理を入れることが義務付けられた。その回数は二万回以上。食の欧米化の始まりだ。

一九五八年には安藤百福《ももふく》(日清食品創業者)が即席ラーメンを発明し、ボンカレーなどのレトルト食品も生まれた。一九六〇年代に入ると、生業《なりわい》としての農業が企業化されていく。食卓もしだいに外部化され、外食が産業化する。養老乃瀧や札幌ラーメンの「どさん子」など、いまも健在のチェーン店が登場した。

「ペコちゃん」のキャラクターで知られる不二家は、ファミリーレストランの先駆けだ。その歴史は古く、一九一〇(明治四三)年に横浜の元町に洋菓子店の一号店を開いた。一九六二年に東京証券取引所市場第二部に、六五年には第一部上場を果たしている。

一九七〇年は「外食元年」と呼ばれた。マイカーが四世帯に一台の時代となり、すかいらーくや日本マクドナルドを筆頭に、ケンタッキーフライドチキン、ロイヤルホスト、ロッテリア、モスバーガー、ミスタードーナツ、ダンキンドーナツなどの外食産業が、一九七〇年代前半に続々と誕生する。

冷凍食品やインスタント食品も次々に開発され、一九八〇年代に入ると、外で買ってきて職場や家で食べる「中食」市場が拡大。大きな食の変化を指して、「〝おふくろの味〟から〝袋の味〟」という言葉まで生まれた。

食の貧困化と格差の進行

急激な円高が進行するなかで輸入食品は増え続け、バブルが崩壊した一九九三年以降は量販店による価格破壊が起こる。生鮮野菜の輸入も加速された。とくに、業務用の冷凍野菜や塩蔵野菜、ビンに詰められた野菜の輸入が激増する。

二〇〇八年の中国製冷凍餃子事件は、まだ記憶に新しい。千葉県や兵庫県で冷凍餃子を購入して食べた家族が次々に中毒症状を起こした事件だ。冷凍餃子からは、基準値の一〇〇倍を超える有機リン系殺虫剤メタミドホスが検出された。

大野和興さんは振り返る。

「冷凍餃子事件は、日本の食卓がどれほど中国に依存しているかを知らしめた」

大野さんは、中国からの食品輸入の裏側にある構造、すなわち生産から加工、流通、販売に至る全過程に日本企業が絡む開発輸入の実態を調べ上げた。そして、一つの企業グループによって囲い込まれる結果、外の世界から見えない構造を「食のブラックボックス化とブーメラン現象」と呼んだ。

「安い農産物や食品が海外から輸入され、日本国内の農産物の生産者価格が叩かれ、輸出国の生産者も低賃金の過酷な労働を強いられるという、世界の農民の貧困化を招いている。大手ハンバーガーチェーンや牛丼屋、チェーン店の居酒屋、コンビニ弁当は、低賃金労働者の食の支えとなっているが、そこで働く人たちも非正規労働者の割合が高い。低賃金、長時間労働。貧困の連鎖だね」

グローバリゼーションのもとで、僕たちの暮らしの土台の土が泣き、食の質が低下し、働く人たちの価値も軽んじられている。

食に関する貧困化を筆頭に、貧富の格差はとどまるところを知らない。一九九〇年代から続くグローバル経済、すべてを市場に任せる市場万能主義のもとで、おカネに換えられないものを排除し、本来おカネに換える必要のないものもおカネに換える動きが急速に進んだ。

おカネを持つ強い個人がますます力をつけ、そのトリクルダウンで、全体が豊かになっていくと主張する学者もいる。ところが、その滴《しずく》は一向に滴《したた》らず、貧富の格差は広がるばかりである。

イギリスのNGOオックスファムは二〇一八年一月二二日、格差問題に関する最新の報告書「資産ではなく労働に報酬を」を発表した。

オックスファムは一九四二年に設立された老舗NGOで、世界九〇カ国以上で活動する。その報告書によると、二〇一七年に世界で新たに生み出された富の八二％を最も豊かな一％が手にしている。一方で、世界の人口の半数にあたる貧しい三七億人が手にした富の割合は、一％未満だったという。

自然資源も金持ちの手に渡り、地域でひっそり生きる人びとの土台となる自然資源が壊され、いま地球が丸裸になろうとしている。

食卓の向こう側

アジア農民交流センターの会員で、二〇〇七年の東北タイツアーに参加した西日本新聞の記者・佐藤弘さん。二〇〇三年から連載された「食卓の向こう側」の仕掛人である。

佐藤さんは農の現状を広く伝えるには農からのアプローチでは難しいと考え、万人が関わる食を切り口に連載を始めた。初回、ありふれた家族の食卓の風景を一面に載せたとき、社内に「なぜ、政治や事件・事故でない記事を一面に？」という声が広がったそうだが、読者は鋭く反応。連載や登場人物の著作をブックレットにした「食卓の向こう側」シリーズは、累計一〇三万部を突破した。そのなかには、佐藤さんらが原作を書き、漫画家の魚戸おさむさんが作画したコミック編もある。

『食卓の向こう側④～輸入・加工　知らない世界～』では食品輸入の現場として、横浜港の実態をリポートした。野積みされたポリタンク、古びてひしゃげた段ボール箱……。中身は中国やベトナム、ロシアなどから輸入された、強い塩漬けの山菜やキュウリ、ニンニク、梅干し、タケノコなど。これらが製造過程で塩抜きされ、漂白後に着色料で色付けされ、「ふるさとの味」になることも少なくないという。

「はい、これ温泉旅行のお土産だよ」

「ありがとう!! 早速今晩のおかずに」

そんな光景が目に浮かぶ。

『食卓の向こう側⑦～生ごみは問う～』には、残飯大国日本の食品ロスや生ごみの実態が記されている。そこには、輸入された冷凍里イモの話もある。中国で加工する業者への取材によると、里イモの皮を剥く手間を省き、煮える時間を均一にするため、形の異なる里イモを均一に整える。そのため、現地で原料の七割が削られてしまうという。日本に輸入される前に、すでに大量廃棄が起きているのだ。

僕は、里イモを料亭のように六角形に面取りせず、スプーンで皮を削ぐ。生姜の皮も同様だ。大根の煮物を作るときは、皮は剥かず、下茹でもせずに、味をつける。煮崩れしないし、皮ごといただけて、栄養満点だ。ホウレン草のお浸しを提供すると、一番美味しく栄養価が高い、赤い根元の部分だけをきれいに残して食べる方がいるのが、残念でならない。ホールフード、一物全体。できるだけ、生命のすべてをいただきたい。

食の乱れは心の乱れ

今回の旅のメンバーのひとり中村修さん。二〇一七年九月に長崎大学環境科学部の准教授の座から離れたばかりだ。中村さんは社会活動にこれまで以上に携わるために、一般社団法人循環のまちづくり研究所を設立し、その研究員として、福岡県みやま市が進める資源循環型まちづくりの普及などに取り組んでいる。佐藤さんは、中村さんをこう評する。

「食卓の向こう側の活動の方向性に大きな示唆を与えてくれた人物ですよ」

この旅に急遽参加することになった長谷川桃子さんは西日本新聞の愛読者で、二〇一七年五月二四日から一〇月一一日まで掲載された中村さんの記事「降りていく時代の哲学①～⑳」に感銘を受けたという。

中村さんは教員時代に学生たちが食べている食事を調査し、その改善に取り組んできた。ある大学で学生たちに自分たちの食事を写真で撮らせたところ、持ち帰り弁当やハンバーガー、菓子パン、コンビニおにぎりは当たり前。スナック菓子一袋、バナナ一本もあったそうだ。中村さんは言う。

「食生活を考える。それは二〇年後の自分を見据える行為である」

犯罪を引き起こした子どもたちの生活をみると、食生活の乱れがある。ペットボトルの飲料水、カップラーメンやコンビニ弁当、スナック菓子を常食としているケースがほとんどだという。

『食卓の向こう側⑤～脳、そして心～』に記された大沢博・岩手大学名誉教授の指摘は興味深い。集中力がない、情緒不安定、キレるなどの最近の若者の症状の根本には、「血糖値の下がり過ぎで起こる低血糖症の疑いがある」という。白砂糖のような糖質を取りすぎると血糖値は急激に上昇し、インスリンが過剰分泌され、逆に低血糖を招く恐れがある。そして、逆に下がりすぎた血糖値を上げようと、副腎からアドレナリンを分泌する。「アドレナリンはやる気を起こす半面、人を攻撃的にすることで知られるホルモンだ」

たとえば、のどが渇いたと何気なく買っている五〇〇㎖のペットボトルの甘い炭酸飲料には、三グラムのスティックシュガーが二〇本分入っているものもある。「スポーツ飲料ならいいだろう」と思う人がいるかもしれないが、最も有名な銘柄には一〇本分以上入っている。

最近は、砂糖やブドウ糖、果糖液糖の使用を減らすため、人工甘味料を使う商品もあるが、これらには発がん性が指摘されるものが少なくない。同じように甘さは感じるから、肝心な食事を取ろうという気がなくなるのもよくない。

また、砂糖の過剰摂取は低体温にもつながる。通常三六・五度前後の体温が一度下がると、免疫力や体内酵素の働きが三～五割低下する。子どもが熱を出すと親は心配して、すぐに解熱剤を飲ませる。そうした行為は子どもの免疫力を弱める。熱を出すことには身体に不要な菌を殺す効果もあり、多少の熱で薬に頼る必要はない。熱を測るときは、熱がないかをチェックするだけでなく、自分が低体温でないかのチェックもしたほうがいい。

安くてヘルシーなバナナの裏側

バナナのような熱帯産果樹も低体温の原因のひとつだ。熱帯の果樹は熱帯に適し、熱くなった身体を冷やす効果がある。それを真冬の日本で食べるのは、どうしたものか。

安くて手軽に栄養が摂れると人気が高く、スーパーや百円ショップの店頭に季節を問わず並ぶバナナ。年間購入量はリンゴやミカンより多く、日本人の食卓を飾る代表的な果物に間違いない。輸入の約七七％(二〇一六年、果物情報サイト果物ナビ)がフィリピン産で、そのほとんどがミンダナオ島で生産されている。

バナナと言えば台湾バナナという時代が終わったのが一九六〇年代。一九六三年に輸入自由化される。フィリピンでは、一九六五年にマルコス独裁政権が誕生。ミンダナオ島に突然、東京二三区とほぼ同じ面積のバナナ・プランテーションが生まれ、そこに住む人びとの生活は一変した。

フィリピン政府と結びついたアメリカと日本の多国籍企業がその広大なバナナ農園を開

上を向いて実るバナナの房

発して管理し、バナナを運ぶための道路や港のインフラ整備は日本のODA(政府開発援助)が貢献して、日本の総合商社がその恩恵にあずかる。こうした歪んだ構造のもとで、一九六九年に安いフィリピンバナナが日本にやってきた。

人間の手のひらをバナナに見立てると、バナナは手を上げた状態で木にぶら下がっている。硬い種がいっぱい入った在来の種ありバナナをフィリピンのネグロス島で食べたことがあるが、東南アジア原産のバナナは、もともと種があった。突然変異で誕生した種なしバナナが、紀元前五〇〇〇年前後に栽培化されたという。

上を向いたバナナは、やがて軸が熟し、土に落ちて、新しい生命が生まれる。だが、軸は流通や販売の過程で腐りやすい。防腐剤や防カビ剤を使わなければ傷み、房がバラバラになって、売り物にできない。そこで、出荷前に薬剤処理される。生産段階でも空中散布を含めて多くの農薬が使用されるから、通常の輸入バナナは農薬漬けだ。

アジア農民交流センターのタイとの交流に必ずと言っていいほど参加される田坂興亜さ

んは一九四〇年生まれ。一九八二年に九カ月間、国際協力機構（JICA）から理科教員として、東北タイのスリン県の教員専門学校に派遣された。そのときに「のび太」というニックネームをもらい、タイではいつも「のび太」と自己紹介される。元国際基督教大学（ICU）教授で、二〇〇二年に早期退職後は、ヨーさんたちがお世話になったアジア学院の校長を四年間務めた。農薬研究の第一人者で、有機農業の普及にも努めている。

二〇一六年九月、オルター・トレード・ジャパン（ATJ）は、バナナ・プランテーションがあるミンダナオ島の村を研究者や生協関係者と視察し、田坂さんも専門家として同行した。

フィリピンのバナナ・プランテーションの農薬空中散布で使用されている殺菌剤は、クロロタロニル、マンゼブ、トリデモルフ、ピリメタニル、ジフェノコナゾール、プロピネブの六種類だという。田坂さんが日本代表を務める国際農薬監視ネットワーク（PAN）は、健康被害の恐れが高い農薬を「高有害物質」として指定し、使用禁止を呼び掛けている。この六つの殺菌剤のうち、プロピネブ以外は高有害物質だ。さらに、マンゼブはEUが内分泌攪乱物質、いわゆる環境ホルモンに指定している。

田坂さんは、二〇一三年に日本がフィリピンから輸入したバナナからネオニコチノイド系殺虫剤が検出された報告があったことにも言及する。

「ネオニコチノイドはハチの大量死を招き、人を含む哺乳類の脳の発達を阻害する物質です。また、イネウンカなどの害虫が、この種の農薬に対する抵抗性を身につけ、アジアの米どころで大発生しています」

場所によっては、小型飛行機による農薬の空中散布が通学時間帯に行われているという。プランテーションで使用される農薬は急性毒性こそ低いが、世代を超えて悪影響をもたらす恐れがあると指摘されている。田坂さんは現地で、先天性の水頭症と口蓋裂《こうがいれつ》をもった五歳の男の子に出会った。農薬との因果関係は立証できないが、フィリピンのＮＧＯの調査でも、空中散布によって農薬を浴びた住民に、頭痛のほか、内臓や呼吸器系、皮膚や目の病気などの症状が出ていることが報告されている。

バナナの民衆交易

僕は一九九五年に一年間のタイ滞在から帰国し、二年間ほどオルター・トレード・ジャパンの関連団体「むらとまちのオルタ計画」のスタッフになった(三五ページ参照)。そのときフィリピンに行く機会に恵まれ、バナナ産業の実態を初めて知る。今回の旅の参加者の近藤康男さんと幕田恵美子さんには、そのとき出会った。

近藤さんは京都大学農学部を卒業後、全国農業協同組合連合会に勤務する。アメリカの子会社に四年間出向した経験があり、英語が堪能。その語学能力を活かし、さまざまな活動に携わる。一九九九年から六〇歳になる二〇〇六年までは、ATJ役員として経営に参画された。現在は「TPPに反対する人々の運動」の事務局を担いながら、パレスチナなど海外の仲間たちとの交流事業も精力的に行っている。

ユニセフ（国連児童基金）は一九八六年、「フィリピンのネグロス島で一四万人の子どもたちが飢餓にさらされている」と、緊急支援を世界に呼び掛けた。それに応じて、日本でもフィリピンの人権問題や社会問題に関わる人たちが、日本ネグロス・キャンペーン委員会（JCNC、現APLA）を発足させ、国内でキャンペーン活動を展開する。

幕田さんはJCNC設立当初にボランティアとして関わり、一九八七年から九四年までスタッフを務める。その後ATJの社員となり、バナナの民衆交易の一役を長く担ってきた。幕田さんは当初の様子を振り返る。

「活動を進めるなかで、食料や医薬品の配布という緊急援助だけでなく、中長期的な視野で、砂糖労働者などネグロス島の人びとが自らの手で、自らが食べる米や野菜を栽培できるようになるための支援活動を始めました。一方的な援助や支援に頼るのではなく、ネグロス島の人びとが自分たち自身で経済活動に取り組むために、日本の消費者が協力するという提案です。そして、環境や人権を大切にする生協や団体が協力して、民衆交易を提案するに至りました」

ネグロス島の人びとのためだけでなく、生協などの組合員や会員が安全な食べ物を入手し、また日本の市民とフィリピンの人びとが対等な関係を構築する。その仕組みとして、フィリピンで伝統的な製法で作られていたマスコバド糖を日本の生協などに販売する試みが一九八七年に始まった。さらに、農薬漬けではない安全なバナナを食べたいという消費者のニーズに応え、バランゴンという品種のバナナの民衆交易が始まる。こうして、一九八九年にATJが設立された。

現在ATJは、多くの国々と関わる。インドネシアからは人工飼料や薬剤を使わない粗放養殖で育てられたエビ、東ティモールやラオスからは農薬を使わずに栽培されたコーヒー、インドネシア・パプア州からは先住民族が森を守りながら育てたカカオ、パレスチナからは平和の象徴であるオリーブから製造したオリーブオイル。これらを生産者と消費者が顔と顔の見えるつながりをもてる仕組みで日本に輸入して販売するシステムをつくりあげている。

太郎君の悲劇

さて、話は『食卓の向こう側』に戻ってミネラルのこと。「食卓の向こう側」には、ミネラルの重要性も丁寧に記されている。僕たち人間の体内に占めるミネラルはわずか四%だが、その量が常に維持されていなければ身体のバランスが崩れるという。

太郎くんは
大学一年生
いつも　好きなもの
ばかり
食べています
30歳になった太郎さん
やっぱり好きなものばかり
「体に悪い？
若いから大丈夫！」
そんな毎日でした。
でも、油や砂糖、塩の多い
食事ばかりしていたので
自分では気づかない
うちに　糖尿病に
なってしまいました
いつものように食事を
していたら　ある日突然
目の前が真っ赤に！
病院に行くと「あなたの
右目はもう機能しない」
と医者に言われ　少しずつ
ごはん　みそ汁　野菜
中心の食生活に変えた
でもビールがやめられない
ぶつけてケガした
左足の親指の痛みが
長びく
放っておいたら
どす黒くなった
健康な人は
自然に治るが
糖尿病になると
ケガは治りにくい
結局
左足が腐ってしまい
ひざから下を
切断することに

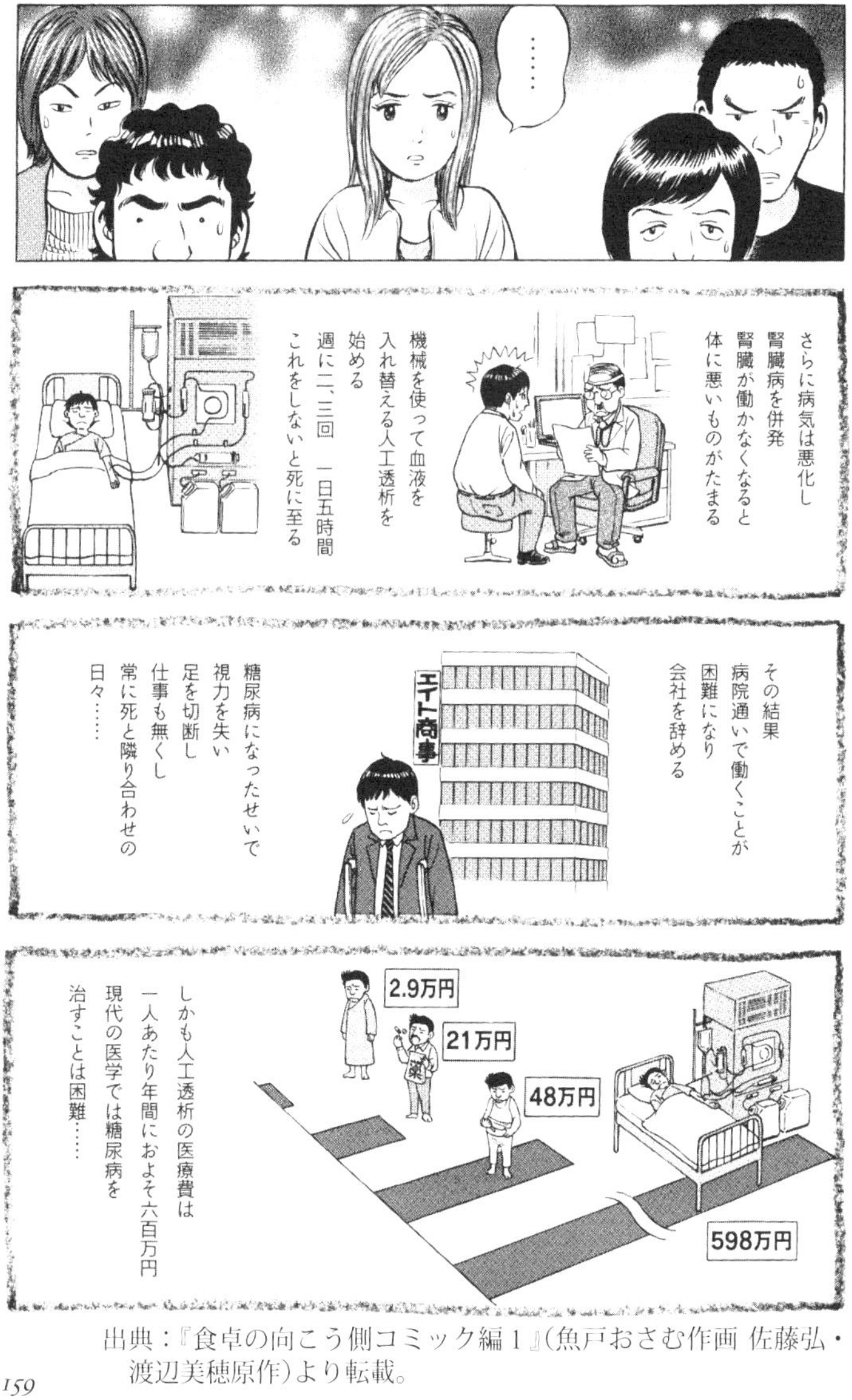

出典：『食卓の向こう側コミック編１』（魚戸おさむ作画 佐藤弘・渡辺美穂原作）より転載。

ミネラルは、摂取量のバランスが大事なようだ。たとえば、炭酸飲料をはじめインスタント食品やコンビニ食品には、リン酸塩などの食品添加物としてリンが多く含有されているため、現代人はリンを過剰摂取している。カルシウムを多く摂ろうとしても、それ以上にリンを摂れば、効果は打ち消しになる。

また、塩については、塩分の摂りすぎは高血圧の原因などと敵視される。ただし、問題なのは、塩化ナトリウムだけの化学的に精製された塩の過剰摂取である。一方、良質なミネラル分を含んだ本物の塩は大切だ。

『食卓の向こう側コミック編1』の太郎くんの物語(一五八・一五九ページ)は衝撃的だ。学生時代から甘味料や添加物が入った食べ物を日常的に食べ続けた太郎君は糖尿病になり、左足を怪我して膝から下を切断、腎臓を壊して人工透析、仕事もなくし、死と隣り合わせの生活で、年間約六〇〇万円もの医療費が飛んでいく。現代社会の日本人が医療にどっぷり浸かっている現状が、この二ページに凝縮されている。

大自然の生命力とつながる食生活一七項目

太郎君にならないために、一人暮らしの学生や若い社会人、食事の大半が外食という人は、ＮＰＯ法人「大地といのちの会」が作成した「大自然の生命力とつながる食生活一七項目」（表2）をぜひ実践してほしい。一七項目のうち三つ以上を一カ月続ければ、低体温が解消されるそうで、実践した小・中学校の成功事例が続々報告されているという。

僕は通常、朝ご飯は食べない。朝食を取る方は、食べ物をいただけることに感謝し、「いただきます」と毎朝、手作りのお味噌汁を飲むだけでも、一七項目のかなりがクリアできる。

お味噌汁の出し汁にする煮干しは、料理本に書かれているように、わざわざ丁寧に頭を取り除く必要はない。食べる分の水を入れた鍋に数匹の煮干しを入れ、沸騰させないようにして弱火で五分ぐらい煮た後、取り除く。その煮干しは捨てずに、そのままゆっくり噛み締めて食べればいい。一七項目にある旬の野菜や海草を入れ、お好みの分量の味噌を溶かしただけで、美味しい味噌汁はできる。鰹節や昆布、煮干しなど日本食の基本となる出しの原料と味噌は、生産者たちによって手間暇かけられて作られた良質なインスタント食品と言ってもいい。化学調味料に頼る必要は、まったくない。

意識して食する時代

二〇〇一年から一一年にかけては、生鮮食品の一日あたりの摂取量の変化が激しい。厚生労働省の「国民健康・栄養調査（二〇一一年）」から紹介しよう。

つながる食生活17項目

1	元気な旬の野菜をいただこう	(7～10月) トマト、ナス、ピーマン、きゅうり、オクラが、真夏のかんかん照りの下で元気な命たちです。毎日1種類でも構わないから、たっぷり食べて夏に元気な体になろう。年中元気な野菜はない。季節によるメリハリが食べる感動を生む。食べない時期があるから元気で美味しく安い時期にたくさん食べられる。飽きないような料理の工夫を。
		(10～5月) 冬元気な野菜…キャベツ、レタス、ホウレンソウ、コマツナ、ミズナ、ターサイ、菜の花、ブロッコリー、大根、人参、カブ、サトイモ、ショウガ、サツマイモ　ほぼ周年元気…玉ねぎ、ジャガイモ、ごぼう、アスパラガス、ニラ、　春のみ…ソラマメ、エンドウ、　春と秋…インゲン
2	葉野菜もいただこう	(7～10月) 夏とびきり元気な葉野菜はシソ、モロヘイヤ、ツルムラサキ、ソバの茎葉。どれも家庭で簡単に育つ(特にソバはお勧め)。キャベツ、レタスはこの時期は本来育ちません。
		(10～5月) レタス、キャベツ、ホウレンソウ、コマツナなどの葉物野菜が元気。人参、大根、かぶは大切なカルシウム等は葉に特に多い。人参の葉で人参ご飯、お好み焼き等。
3	皮ごといただこう	ごぼう、ジャガイモ(古く苦くなれば食べない)、人参、大根、レンコン、ナス、かぼちゃ等。野菜のバリアで、ビタミン、ミネラル、ファイトケミカルが集中。皮ごとまたは皮で別料理。
4	生長点こそいただこう	細胞の活性が一番高い部分、命の湧き出る泉です。ピーマン、トマトなどのわき芽、葉物野菜の基部、玉ねぎ、キャベツ、レタスの芯、人参、大根の首部分など。意外に軟らかくて美味しい。生長点アクセントつき料理はおしゃれで健康に最高。
5	元気な土で育ったおいしい野菜を選ぶ	旬の普通野菜で3、4が実行できたら、次は元気野菜を選ぶ。命いっぱいの土で雨風紫外線を浴びて育った露地野菜は生きる力(栄養分)が大きく、うまい(硝酸が少ない、後味が良い)。日頃から野菜を生で食べて後味を確かめ、元気な土の生産者を見つける。
6	海草をいただこう	わかめ、こんぶ、アオサ、のり、寒天。私達の母なる海からの贈り物。ミネラルいっぱい。日本人は昔から毎日いただいていた。昆布はだしに使った後、そのまま食べられる。
7	食事の量の半分はご飯をいただく	タネは生命力のエッセンス。食事の中心(全体の5～6割)はごはん。そのためには間食をしないこと。ごま塩を常備し、ふりかけに使うとなお良い。自分で作り冷蔵庫で保管する。ピーマン、かぼちゃのタネもいただける。
8	玄米か分づき米か雑穀入りご飯にする	ひえ、きび、あわ、アマランサス、小豆、麦、黒米をちょっと加えよう。玄米～4分づきでいただこう…玄米を炊飯直前に家庭用精米機(2万円弱)で分づき精米すると、水で研ぐ必要もなく、普通に炊飯器で炊けて美味しい。

資料提供：NPO法人「大地といのちの会」(長崎県佐世保市、吉田俊道理事長)

表２　大自然の生命力と

9	朝はご飯と味噌汁	朝なかったら夕食で。味噌を入れた後は沸騰させない。味噌は国産大豆のものを選ぼう。昆布、煮干など、ダシこそ命のエッセンス。化学調味料は使わない。
10	煮物、和え物を食べる	油ものを減らす。肉卵は控えめに。アレルギー性疾患は、脂肪や動物性たんぱくを取り過ぎてきたことが一因。30 過ぎの日本人の二人に一人は高脂血症（病気の一歩手前）
11	梅干、たくわん、納豆をいただこう	菌ちゃんパワーも酵素も直接いただける究極のナマ食。普通の原材料名だけ表示されているものを選ぶ。塩は自然海塩。安い梅干やたくわんは、梅や大根を色と味の調合液に漬けただけで、試練をくぐり抜けた微生物のパワーはない。
12	添加物の少ない調味料、加工食品を	原材料名に日常の食べ物以外の名前があまり書かれていないものを選ぶ。例えば醤油の原料は大豆と小麦と自然塩だけで、その味は微生物の代謝物質（生命力の源泉）の積み重ねで出来たもの。逆に安い醤油、ソース、つゆ、たれは化学的に味を調合した砂糖液。
13	砂糖、塩を選ぼう	てん菜糖、黒砂糖、きび砂糖、自然海塩などスーパーにも売っている。生命力ある素材を選べば、料理を砂糖で甘くごまかす必要がない。
14	のどが渇いたら、水やお茶	市販のジュースは糖分が非常に多い。お茶は市販より家で作る方がよい。スギナ、どくだみ、柿の葉、よもぎなどいろんな薬草茶を味わえる。冷たいものは温めて飲み込む。
15	間食をしない	一日一回はおなかをすかせる。腸が活性化しアレルギー疾患の予防になる。ご飯の前にお菓子を食べない。夜食をとるより早寝早起きのほうが、体調にとても良い。
16	30 回かんで食べよう	最初の一口ははしを置いて 30 回かむ。よく噛むことは、記憶力、運動能力、視力の強化、また唾液による毒消し、小食で満腹感など、良いことだらけなのに実践していない人が多い。液体で流し込まない。飲み物は食事が済んでから。
17	心から感謝していただこう	手を合わせ、食べられる命がこれまで一生懸命生きてきた様子を想像し、自分が無数の小さな命に支えられ、食べ物を通して大地につながっていることを想像してからいただこう。テレビは見ないで味を確かめながら食べる。夢を実現できる人は、自分に命をつなげてくれた小さな命たちの大きな愛情と応援を感じることのできた人。

あなたの小さな食の選択こそが、大地の愛に祝福された家族の幸せにつながり、地域の真剣な農家や食品企業を応援し、元気な子供たち、活力ある幸せな社会の実現につながっています。

あきらめないで！　夢を描いて、楽しく続ける！　続けられた自分をほめて！

食以外の大切な生活習慣：歩く、笑う、ありがとうと言う、鼻呼吸、腰湯、早寝早起き

野菜類＝二九五・八グラム→二七七・四グラム（マイナス一八・四グラム）
果物類＝一三二・三グラム→一一〇・三グラム（マイナス二二グラム）
魚介類＝一〇二・九グラム→七八・六グラム（マイナス二四・三グラム）
肉類＝七四・〇グラム→八〇・七グラム（プラス六・七グラム）

野菜や魚の摂取量は減る一方で、肉だけが増えている。鶏の唐揚げや牛丼チェーン向けの肉などの安価な輸入が、この肉食化に加担しているのは間違いない。

「バーチャル・ウォーター」（仮想水）という言葉が知られて久しい。日本のように食料を輸入に依存するとき、その食料が海外で生産される際に必要な水の量を試算した数値を意味する。環境省のＨＰの仮想水計算機で調べてみると、牛肉一キロを生産するのに必要な水の量はなんと二万六〇〇〇ℓ。豚肉は五九〇〇ℓ、鶏肉は四五〇〇ℓ。世界の水不足が深刻化しているにもかかわらず……。

そして、もちろん水を依存しているだけではない。森林の伐採や人びとの生活を含めた生態系の破壊が、同時に進行している。

肉を食べるなと言うわけではない。むしろ肉は食べるべきだと思うが、なかなか本物の肉を探すのは難しい。安価な外食産業で使われている肉は、工業製品のようにホルモン剤や予防薬漬けの家畜の肉。食品添加物で結着された成型肉。化学調味料や添加物で味付けした肉やハムやソーセージ。そして、焼肉チェーン店や市販の焼肉ダレには、添加物や甘味料がたっぷり入っている。

前述の「国民健康・栄養調査」では、年収二〇〇万円未満の世帯は野菜類の摂取量が少ない傾向があり、収入格差が栄養面の格差につながっている、と指摘している。でも、一人暮らしの男性だって、牛丼チェーンに行くのを我慢して、意識して自分自身で料理し、野菜を食べれば、お金をかけずに、質素な食材で栄養バランスを整えられる。

とは言っても、個々の努力だけでは、いまの食べ物事情が変わらないのも現実だ。食の生産・流通・提供に関わる側が、利益のみを追求して食のグローバル化を助長していることに気づき、現状を少しでも変えていく必要がある。また、変えていかなければ、僕たちの地球の未来はない。

本来、ただ美味しいと思った食べ物を食べていればいいはずなのに、いまは意識して食する時代となっている。

お弁当の日

「お弁当の日」は二〇〇一年に、香川県の滝宮小学校（綾歌《あやうた》郡綾川《あやがわ》町）で始まった。当時の校長だった竹下和男さんがＰＴＡ総会で発表した突然の提案に、母親たちは戸惑いを隠せなかったという。

子どもたちが親に頼らず、お弁当の献立から、食材の購入、料理、盛り付け、片付けまで、自らの力で取り組む。対象は五・六年生で、作り方は家庭科で教え、年に五回と決まった。「個族」化された現代社会で、子どもを台所に立たせることで、家族と一緒に過ごす「暮らしの時間」を増やし、子どもたちが本来もっている生きる力を取り戻すための斬新な試みである。

「食べることとは、命をいただくということ」「食べる人のために、自分の命を食材に加えること」「加えられた命を味わっている」「作ってくれた人の命で『心の空白感』を満たす」こうした竹下さんの言葉とともに、お弁当の日は全国の小・中学校、さらに大学へと広まった。『食卓の向こう側』とのタイアップがその活動を広げ、実践校は全国で一八〇〇校を超えている。

一人の百歩ではなく、百人の半歩

僕自身の食生活と言えば……。

まず、砂糖の入った飲料やお菓子は摂取しない。

通常、午前中は内臓を休める時間にしているので、朝食は取らない。

昼食は、五分づき米にヒエ、アワ、キビ、押し麦を入れて炊いたご飯に、ゴマ塩をかけて食べる。おかずは、季節の具材を入れた味噌汁、梅干し、海苔、納豆、焼き魚など朝食のようだ。好きな日本そばを茹でて食べる日もある。

そして、夜は美味しい純米酒に酔いしれる。

ここまではいい。飲むのは本物の純米酒だが、飲む量がひどい。しかも、ときには夜遅くに、店のご常連とラーメンを食べに行く。休日に出かけたときは、できるだけチェーン店は避けるが、ちょっとジャンクな食事のときもある。インスタント食品を食べてしまう日もある。甘いものはもともと好きではないし、好きなお酒に関してはしっかりと飲んでいるので、無理した食生活をしているわけではない。

『食卓の向こう側』は言う。

「一人の百歩ではなく、百人の半歩」

一人が一所懸命に背伸びをしすぎても、長続きはしない。そんなに気張らず、でもなるべく多くの人たちがちょっと自分自身の食べ物を見つめ直すことで、世の中がいい方向に向かっていく。自分のできる範囲で、少しずつ歩んでいけばいいいと思う。

快医学で身体を改善

僕が白米から現在のようなご飯に切り替えたのは二〇一四年。そのころ、自分の身体が歪んでいることに気づいていた。それほどひどい食生活だったわけではないが、お酒の飲み過ぎ、夜遅い不規則な生活、あまり休みのない毎日で、ちょっと身体を痛めつけすぎていたようだ。そんなとき、快医学ネットワークの我妻啓光《ひろあき》さんが来店された。

快医学は、瓜生良介氏が提唱した療法である。身体の歪みを治す操体法や、内臓を温めて機能を活性化する温熱療法、食事や薬草茶による治療など、複数の伝統医療を統合して形づくられる。我妻さんは一九八九年に瓜生氏が主催する三〇時間セミナーに参加し、九〇年の快医学ネットワーク設立以来のメンバーだ。

一九九二年からは三年間タイに滞在し、快医学をお土産としてタイの伝統医学関係者と交流された。僕が我妻さんに出会ったのも、一九九四年にJVCのボランティアとして東北タイのブリラム県で活動しているときだ。伝統医療師との交流や診療に同行する機会を何度か得た。我妻さんは肩肘はらないスタイルで快医学を伝える。その優しさを包んだ人柄も加わり、タイの人たちから好かれていた。僕が快医学に興味をもったように、村人たちもその面白さに魅せられていた。

快医学では、無理をせず、快い方向に向かっていく生き方を提唱する。同時に、あまりにも自分だけが心地のいいことばかりをしていると、その歪みが身体に現れると警告する。我妻さんは言う。

「快医学は息・食・動・想・環を大切にして、バランスをとる。そして、いのちを医者

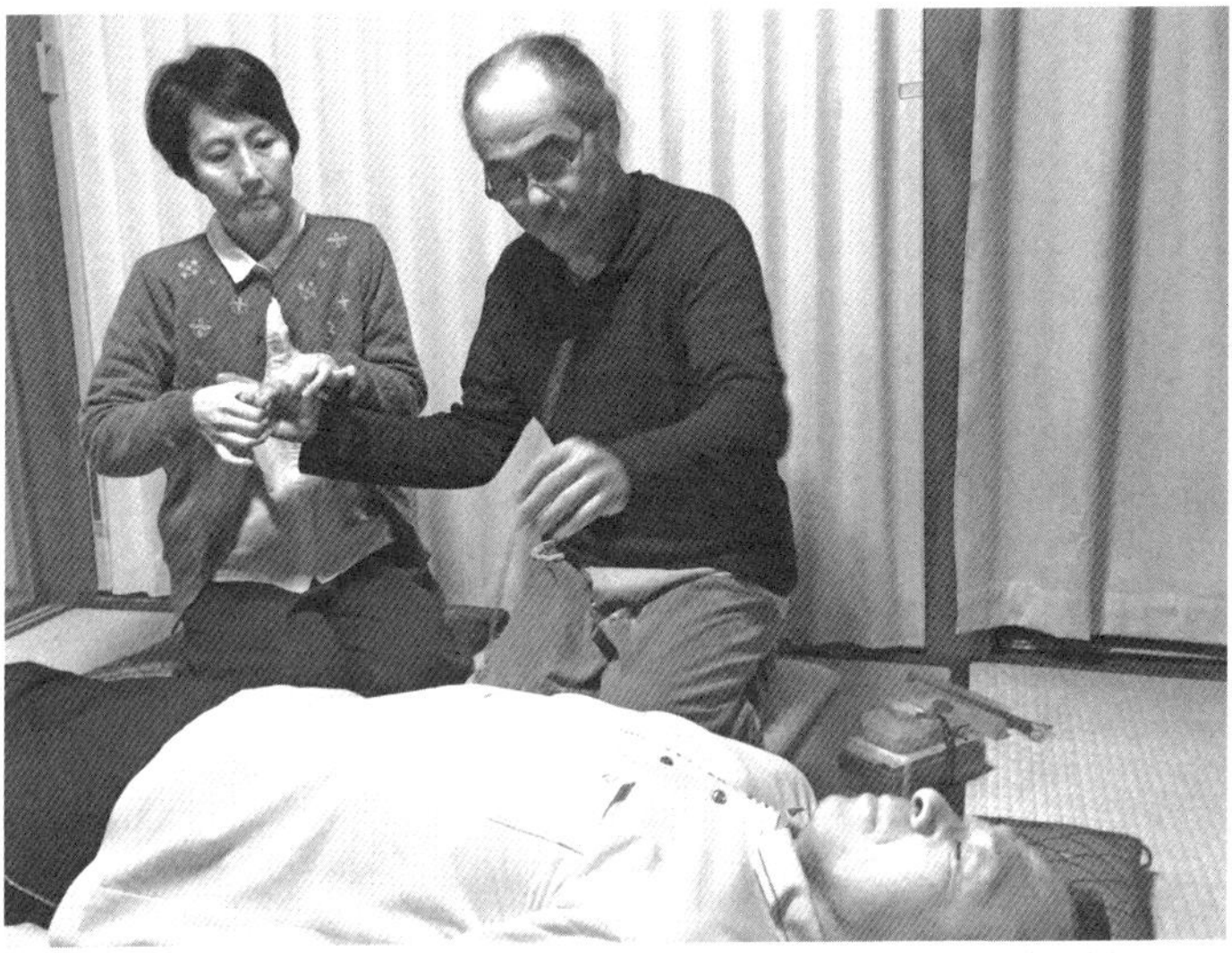

ライフエネルギーテスト（ＬＥＴ）で診療をする我妻さん（中央）

に委ねるのではなくて、自分たちの手に取り戻すことに意義がある」

快医学では、生きる基本は、息を吸って吐く、食べる、身体を動かす、そして想像するという四つだ。加えて、それらを取り巻く環境のバランスを良くしていけば、快適に生きていけるという。一方、そのバランスが崩れると体調が悪くなる。そのとき、すぐに病院に行くことを考えるのではなく、まず自分の身体を知り、自然治癒力を信じて、身体の歪みの回復を試みることが大事だと説く。

診療のなかで、ライフエネルギーテスト（LET）にとくに驚いた。近代的な器具をまったく使わず、病者の身体の状態を知る。そして、何を食べると良いのか、何を食べると悪いのか、どんな薬草を飲めば体調を好転させられるかなど、短時間で最低限必要な情報を得られる。

身体を構成しているさまざまな細胞や組織、器官には、それぞれ固有の電磁波があるという。身体に異常な部分があると、正常な部分と比べて異なる電磁波が生まれる。そこに微細な刺激を与えると、個々の細胞の正常ではない状況をキャッチできるし、細胞自身が癒しの方法を判断して教えてくれるという、とても不思議な原理を利用した方法だ。

飲みに来られた我妻さんに、ずうずうしくも二〇年ぶりにＬＥＴで身体をチェックしていただいたら、食道や肝臓の機能低下がひどく、さらに複数の臓器の力も弱まっているという。その結果を受けて、僕の身体に合ったいくつかの薬草を煎じて飲み始めた。内臓を温める温熱療法も始めた。もっとも、お酒は量を少し減らすことぐらいしかできなかったのだけれど……。

だが、それでは中途半端であることに気づかされ、思い切って二週間の禁酒とソフト断食を試みた。このときのソフト断食は、一日三食を食べてよい。本当に微量の、ピンポン玉より一回り大きいぐらいの五分づきのご飯に、ヒエ、アワ、キビ、押し麦を混ぜ、ゴマ塩と梅干しだけで食べる。一食だけ、昆布出しの味噌汁を飲んでいい。五分づき米にしたのは、ＬＥＴのチェックで、僕の身体に玄米が合わなかったからだ。

他の人たちのチェックもこれまで何度か拝見しているが、玄米よりも、五分づき米にヒエ、アワ、キビ、押し麦を混ぜたご飯が合うケースが多い。現代人は多くの化学物質にさらされていて、自己免疫疾患の傾向が強いからではないかと、我妻さんは言う。

その後も、操体法、温熱療法、薬草茶療法を継続し、ときにはソフト断食や断食、禁酒を繰り返した。食事に関しては、砂糖や化学調味料を含んだ食べ物を避け、ジャンクフード、ラーメン、揚げ物やお肉は一切食べない。外食もできるだけ控えた。お酒を断つことはできなかったが、以前よりさらに減らし、ときどき禁酒を繰り返した。そんな生活を約一年間継続したら、ＬＥＴでの反応は良くなり、完治できたのだ。

「息・食・動・想・環」の最後の「環」について、我妻さんは言う。

「長い人生のなかで、ときには逃げ出すこともある。嫌な学校から、嫌な職場から、嫌な家庭から。でも、私たちはこの地球からは逃げることができない」

そうなんだ、理想的に世界の平和とか地球環境のことなんてなかなか考えられない。人のためではなく、自分自身のために、僕たちが住むこの丸い地球の環境を守っていこう。

快医学ネットワークは日本各地で講座や診療を行い、各国の人たちとも交流を継続している。我妻さんは一九九六年から毎年、タイ日交流セミナーを開催してきた。東日本大震災以降は、被災地や空間放射線量が高いホットスポットにおける健康相談に力を入れるなど、医療をテーマに僕たちの社会に働きかけを続けている。

第8章 越境

スースーバンドのリーダー、ラピン・プッティチャートさんの自宅(バンコク)でのコンサート。イサーン出身の昔のメンバーも駆けつけ、僕たちの心はまたイサーンに戻される

心情の分かち合いの交流

旅はもう終盤に差しかかっている。

車は、ポンン市から三七〇キロ離れたバンコクに向かう。ひたすら南下し、大きなダム湖があるラムタコンで昼食を取った。一九九三年にヨーさんたちがデモで集結した付近だ。ヨーさんは半年ぐらい前、自身のSNS（ソーシャル・ネットワーク・サービス）に、珍しく弱音を吐いた発言を投稿していた。

「六五年間の人生の大半を社会活動に捧げてきたから、今年はちょっと休ませてくれ。仲間たちよ、私は疲れた」

僕がタイに滞在していたころは、そんな言葉を言わせる時間がないほど、ヨーさんは日々疾走していた。国際会議やタイ各地の活動に参加し、政策批判や政治家との直接的な交渉があるときは、仲間たちが彼のカリスマ性に頼っていたからだ。ヨーさんの活動は本来、農を基盤とした自立した生活を築き上げるためである。にもかかわらず、自らの農作業の時間を犠牲にするという本末転倒の日々が続くことにも苦慮していた。

最近では二〇一三年と一六年に来日して、アジア農民交流センターの仲間たちと交流し、一五年には僕たちがタイに行った。今回もいい時期に彼に会いに来ることができたなあ、と思った。国境を越えて似た境遇にある同志たちとの交流は、彼に新しいエネルギーを注いだにちがいない。それがこうした交流に潜む大きな力ではないか。

生きるための歌

バンコクではスースーバンドとの交流を予定している。少しハイペースで車は走った。タイには「生きるための歌」という音楽のジャンルがある。一〇月一四日の政変が起きた一九七三年、民主化運動が盛んなときに、その先駆者であるカラワンバンドが生まれた。近代化の陰で起こる環境破壊、政治や経済、社会の歪みを憂い、平和を願う気持ちを歌で表現したのだ。いまも、生きるための歌は市民に根強く支持されている。ある程度の規模の町に行くと、生きるための歌が流れるライブハウスがあり、プロのミュージシャンも演奏する。

スースーバンドは、生きるための歌を歌う代表的な存在だ。バンド名は、リーダーのニックネームのスーさんからつけられた。スーさんの本名はラピン・プッティチャート。一九五三年にイサーンのヤソトーン県に生まれる。少年時代に音楽に興味をもつが、学問を勧める父親は強く反対し、バンコクの高校に進学した。

親から離れたスーさんは、音楽の世界にどっぷり浸かる。高校卒業後はお寺に住み込

スースーバンドのリーダー、
ラピン・プッティチャート

み、バンコクに残った。そして、学費が安く、入学試験を必要としないオープン大学のラームカムヘン大学に進学。政治学と音楽活動を両立して、在学時代にサーイターンというバンドを立ち上げた。卒業後はソーンワーイというバンドに所属し、三三歳の一九八六年に仲間とカトーンを結成。一躍、その名は知れ渡っていく。

一九八九年にスースーバンドにグループ名を変え、環境破壊が著しいタイ南部を題材とした歌も手がけるようになる。そして、アコースティックやエレキに東北タイの伝統楽器をミックスした、独自の生きるための歌を確立させた。現在では若手メンバーを加え、アフリカの楽器も交えて、イサーン文化を継承しつつ新しい音楽の世界を創り上げている。

まだ明るいうちにスーさんの家に着くと、若いメンバーがたくさんの料理を用意して僕たちを迎えてくれた。まずは料理を堪能しながら自己紹介し、薄暗くなったころに演奏が始まった。

オープニングは南タイを歌った「マヤー」(女神)。ピーピー島のマヤー海岸が映画『ザ・ビーチ』の撮影のために破壊されてしまったことを題材にした歌だ。スースーバンドの代表的な「パカラン」(珊瑚)も披露してくれた。南タイで起こっている大規模開発によって美しい珊瑚礁が消えている現状と、珊瑚礁を守ろうと訴えている。とてもリズミカルで、深刻さを感じさせない。日本からの仲間も、リズムに合わせて踊り出す。

僕は通訳をしながら、すでにほろ酔い気分。今回会ったイサーンの仲間や旅の参加者のエネルギーが、彼らの音楽と一緒に体内に染み込んでくるような気持ちになった。

地下水の流れ

ぼくはまた、大野和興さんが語る「地下水の流れ」を思い出していた。一九九六年に「むらとまちのオルタ計画」が「海・山・里からのたより」と題する公開講座を東京で開催したときのことだ。講師を務めた菅野芳秀さんが話を終えて質疑応答に入ると、ある大学の先生が、「なぜ、山形をはじめ東北には魅力ある人物がいるのか」と問いかけた。すると、司会を務めていた大野さんがマイクを握り、真壁仁(一九〇七〜一九八四年)について語った。山形県の農民で、詩人・思想家として知られる。農民運動に関わり、『地下水』という同人誌を発行し、そこから数多くの文化人が輩出している。

大野さんは、菅野さんをはじめ置賜百姓交流会の面々はその地下水の流れから生まれたと説く。そして、そんな人たちを育んだ東北は元来、豊かな地域であると話を締めた。地域の豊かさが良き文化を育むからだ。

タイで最も貧しいと言われているイサーンの村々にも、その地下水は確実に流れている。そこから魅力ある人たちが生まれた。スースーバンドのリーダーであるスーさんも、生きるための歌の先駆者カラワンバンドのスラチャイさんや、ヨーさんのような活動家も。ほかにも多くの詩人や思想家がイサーンから輩出している。村を流れる地下水から出ては消え、消えては出てを繰り返し、長い年月を経て、また新たな人物や活動が噴出するだろう。そこに村の面白さがある。

地産地消は平和の象徴

「地場の市場づくり」を振り返ると、九・一一事件を思い出す。

二〇〇一年九月一一日。ニューヨークの世界貿易センタービルに飛行機が突入する衝撃的な映像を、僕はタイのテレビで見た。翌日、パレスチナの支援活動に取り組むＪＶＣの東京事務所には、クレームの電話が殺到したという。

「『九・一一事件を知ったパレスチナ人が喜んで踊ったりしていた場面があって、けしからんと思った』ということであった。実際には、過去の祝い事でパレスチナ人が喜び楽しむ映像を、どこかのテレビ局が九・一一事件直後の様子のようにして放映したことが原因であった。こういう放送はあとでうそだとわかっても、実際には取り消しようもなく、世界を駆け巡る。冤罪《えんざい》の構造とそっくりである。

そういえば湾岸戦争のときも、ずっと米国に在住していたクウェート大使の娘がクウェートの病院にいたふりをして、『イラク軍の蛮行』を証言し、米国のイラク攻撃を感情的に決定づけた。あるいはイラク軍の攻撃によって油田が破壊され、油を浴びて動けなくなった『かわいそうな水鳥』の写真が、実際には米国の空軍による被害であったのに、『反イラク』の方向で効果的に使われた」（熊岡路矢『戦争の現場で考えた空爆、占領、難民』彩流社）

僕たちは、力のある大きなメディアやそれを操る国の権力に翻弄されている。大きな声を上げたとしても、その声は消し去られ、結局、目の前の生活を優先して、自分をごまかしながら生きてしまう。

「九・一一同時多発テロ」と呼ばれたその事件の首謀グループがアフガニスタンにいるという憶測をもとに、事件が起きた翌月に、アメリカ軍がアフガニスタンへの軍事攻撃を始めた。

その後、矛先はイラクに向けられていく。イラクが大型破壊兵器を所持し、アメリカへの軍事攻撃を計画しているという、まったく根拠のない虚構から、二〇〇三年に一方的な戦争が始まる。それは、軍人のみならず、イラクに慎ましく生きてきた何の罪もない人びとの生活を壊し、少なくとも一五万人が犠牲になった。

日本からは自衛隊が派遣され、横須賀を母港とする空母キティーホークの艦載機は五〇〇〇回以上の空爆を行ったという。新倉裕史さんが書いた『横須賀、基地の街を歩きつづけて』(七つ森書館)には、防衛庁の資料をもとに、インド洋・イラク派遣に関わる海外派遣で命を落とした自衛官の数が記されている。それは、自殺五六名、病死四五名、事故死二一名、不明二名、合計一二四名にも及ぶ。

僕はJVCという多くの国々に関わるNGOに所属しながら、英語が苦手だったこともあり、タイ以外の国の活動、とりわけ紛争地・災害地における人道支援活動には、ほとんど関わっていない。イラク戦争のときも、タイのNGOが主催する戦争反対デモに参加したぐらいだ。

でも、そのことがなおさら、いま僕がやれるのは「地場の市場づくり」の基盤をしっかり固めることだという思いを強め、活動の意義の再確認にもなった。

資源の奪い合いが大きな原因のひとつである戦争。資源を奪い合うのではなく、分かち合うことで、人と人との関係は深くなる。それは、他の地域に迷惑をかけないことにつながる。

「みんなが取り組んでいるこの活動は、ポン郡に住む人たちだけのためではありません。こうした活動が各地に広がれば、やがて戦争のない世の中がやってきます。この市場は平和の象徴です」

生産者で構成されている市場委員会の会議で、僕は彼らにそうエールを送った。

僕がいま住んでいる横須賀市や横須賀商工会議所も、積極的に地産地消の活動を推進している。日本各地で取り組まれている地産地消の意義は、単に身体にいいからとか、地域の経済にとって有益だからということだけではない。海外の生産者や土に迷惑をかけないことにつながり、さらには口先だけではない実践的な反戦活動にもつながる。

自分自身が安心できる食べ物やお酒を選ぶという、ある意味で自分本位な行為が、究極の国際協力であり、平和構築ではないのか。平和を願う気持ちがあるのなら、そこから第一歩を踏み出していこう。

主体性を取り戻すためのネットワーク

スースーバンドの演奏は後半に入り、イサーン出身の昔のメンバーも加わった。バンコクにいる僕たちの心は、イサーンに引き戻されていく。男たちが船を漕ぎ、船の女神を祀る様子を歌った「メーヤナーン」（船を守る女神）、イサーンの農民の姿を歌った「カイモットデーン」（赤蟻の卵）、そしてイサーンの料理に欠かせない「プラーデック」（魚の塩辛）。彼らが歌う。「プラーデックがあるところに飢えはない」。

だが、ダム開発などによって、イサーンのムーン川やチー川、ソンクラーン川、村の人たちの生活の糧である自然資源は、破壊されている。「デック」は俗語で、「喰う」という意味だ。村人たちの食べ物は消え、喰うことができるのは政治家たちだと、歌の最後に皮肉る。

「コブラ」という歌も披露してくれた。こんな昔話がタイにあるという。

ケガをした小さなコブラをある農民が助けた。そして、回復したのを見て自然に返してあげた。ところが、大きくなったコブラは農民の優しさに反して、人間に襲いかかる。

そのコブラを精米所に例えた歌だ。農民のために精米する精米所。だが、精米所を操る商人は私腹を肥やし、農民は莫大な借金をかかえる。「コブラ」は、こう始まる。

「生きることはできない　生きることはできない　タイの農民は死んでいく」

そして、最後はこう締めくくる。

「農民はネットワークを創らなければ　農民は自分たちで交渉しよう　農民自らが価格を決定しよう　コブラを飼うことなんかないように」

今回の旅で僕たちは、自らの主体性を取り戻すネットワーク創りとそのための次世代の育成の大切さを改めて感じた。スースーバンドも歌で、そのことを表現した。

越境してもうひとつのグローバリゼーションを創ろう

「ラーオトゥアン」（密造酒）を改めて聴くと、「生産する自由を取り戻す」という言葉が脳裏に浮かぶ。

経済開発や戦争によって、人びとがお酒を造る自由を奪われている理不尽な社会。お酒造りだけではなく、大きなものから小さなものへの統制によって、歪んだグローバル社会がつくられてしまっている。人と人との関係性が見えなくなり、本来、人がもつ豊かさが喪失した現状がある。破壊を伴う成長やグローバリゼーションは懲り懲りだ。地下水の流れが途絶えさせられてはならない。

もし、人間より肥大化した何十億もの本物のコブラが現れて、この地球を取り囲むようなことが起きれば、人間社会は本当に消えてしまうだろう。しかし、グローバリゼーションをつくり出したのはコブラではなく、人間なのだ。人間の力で、その道を正していくことができるはずだ。

そして、僕たちの社会を紡ぎ直すことができるのは、グローバリゼーションをつくりだした層では決してない。この物語に登場した仲間たちのように、丸い地球のそれぞれの片隅で、殊勝な気持ちをもって日々を生きている人たちだ。

仲間たちの取り組みは、小さな範囲であるからこそ多様性が活かされ、「生産する自由」を取り戻している。それを無理に大きくする必要はない。小さな活動がいままで以上に各地域に広がり、仲間たちが地球規模で連携しあい、そのネットワークを広げていくことが大事だ。お互いの智慧を交換しながら社会の世直しをして、もうひとつのグローバリゼーションを創っていこう。そのための越境。

今回の旅のような国境を超えた深い交流は、なかなかよそでは味わえないと自負する。だから、これからも居酒屋を営みながら、交流を継続していきたい。自分なりの小さな平和の象徴として。

おわりに

「お前さんはいいな、私なんかね、この地域から一歩も出たことがないよ」

一九九四〜九五年にイサーンの村に住んでいるとき、会議やビザ継続のために村からよく出ることがあった僕に、村のおかあちゃんが笑いながら言った。そのときに改めて実感したのは、移動できることの豊かさだ。

日本に帰国してからも、国内だけではなく、タイを中心とした海外にもよく足を運んだ。でも、居酒屋を生業にして以来、その機会はめっきり減った。

お店の営業を控えた午前中に、電車で出かける用事があったときのこと。営業日だったが、店に戻らずこのまま旅立ってしまおう、と真剣に考えた。きらびやかな広大な海、新緑や紅葉の山々、稲刈り前の黄金の田園風景、白い雪景色。太陽の熱い思いが大空に広がる熱帯の国が、やっぱりいいかな。これまで訪問した風光明媚な土地を思い浮かべ、だけど本当は風景なんてほとんど気にせず、人との出逢いに喜びを感じてきたのだよな〜、と電車の窓の外をぼんやり眺めていた。

そして、ふと目が覚めた。考えてみれば、居酒屋を生業にしているなんて、このうえないぜいたくだよな。日常の風景の中で、新しい人と出逢えるのだから。「帰途が旅立ちだ」と自分に言い聞かせ、ふだんどおりにお店を開けた。

たしかに、お店の経営が移動の自由を僕からちょっとだけ奪ったかもしれない。これからも旅に出かけるつもりではいるが、ぜいたくなほど移動していたあのころの僕には戻れない。この本がそんな僕の代わりとなって日本各地に飛んでいき、少しでも多くの方々に読んでもらえることを願わずにはいられない。

本書には僕がボランティアで事務局長を務めているアジア農民交流センターのメンバーが多く登場している。いずれも崇拝する方々なので、敬称を略すことができなかった。なお、その機関紙やお店のブログ、その他に書いた原稿に加筆した文章もあることをお断りしておく。

この本の執筆では、今回の旅を受け入れてくれたタイの仲間たちや日本からの参加者に大変お世話になりました。

とくに、農業ジャーナリストの大野和興さんは、一九九五年に出逢ってから、ずっと僕の文章の指導者であり、今回も多くの助言をいただきました。ここに深くお礼申し上げます。そして、アジア農民交流センター共同代表の山下惣一さんと菅野芳秀さん。今回の旅にはお二人とも参加できませんでしたが、これまで僕の人生に大きな刺激を与えてくださったお礼と少しばかりの恩返しとして、この本を捧げたいと思います。

最後になりましたが、この本の出版を引き受けてくれたコモンズの大江正章さんに感謝をすると同時に、出版社という忙しい仕事をされながら、アジア太平洋資料センターをはじめ社会活動にも力を入れて取り組む熱意に敬意を表します。

松尾　康範

二〇一八年三月一一日

〈参考文献〉

石川達也「間違いだらけの酒常識」竹鶴酒造、二〇〇五年。

岩崎美佐子・大野和興編著『アジア小農業の再発見』緑風出版、一九九八年。

魚戸おさむ作画、佐藤弘・渡辺美穂原作『食卓の向こう側(コミック編①)』西日本新聞社、二〇〇七年。

瓜生良介『快医学』徳間書店、二〇〇七年。

大野和興『日本の農業を考える』岩波ジュニア新書、二〇〇四年。

大野和興・西沢江美子著『食大乱の時代――〝貧しさ〟の連鎖の中の食』七つ森書館、二〇〇八年。

快医学ネットワーク編『快医学講座テキスト(改訂版)』二〇一三年。

柿崎一郎『タイの基礎知識』めこん、二〇一六年。

菅野芳秀著、長谷川健郎写真『生ゴミはよみがえる――土はいのちのみなもと』講談社、二〇〇二年。

菅野芳秀『玉子と土といのちと』創森社、二〇一〇年。

菅野芳秀講演録(上)(下)『むらとまち』一九九六年八月号、九月号、オルター・トレード・ジャパン。

岸康彦『食と農の戦後史』日本経済新聞社、一九九六年。

熊岡路矢『カンボジア最前線』岩波新書、一九九三年。

熊岡路矢『戦争の現場で考えた空爆、占領、難民――カンボジア、ベトナムからイラクまで』彩流社、二〇一四年。

末廣昭『タイ　開発と民主主義』岩波新書、一九九三年。

総力特集「TPPでどうなる日本?」『季刊地域』二〇一一年春号、農山漁村文化協会。

「田坂興亜さんセミナー農薬、プランテーションと私たち」オルター・トレード・ジャパン、二〇一六年。

特集「異議ありAPEC」『月刊オルタ』一九九五年一一月号、アジア太平洋資料センター。

特集「イサーンの村から始まった"Something"〜地場の市場が生み出したもの〜」『Trial&Error』二〇〇六年六月号、日本国際ボランティアセンター(JVC)。

特集「JVCはNPO法人になります」『Trial&Error』一九九九年三月号。

特集「タイ社会運動の底力」『月刊オルタ』二〇〇〇年一一月号。

特集「タイ社会の二〇年」『月刊オルタ』一九九六年一〇月号。

新倉裕史『横須賀、基地の街を歩きつづけて――小さな運動はリヤカーとともに』七つ森書館、二〇一六年。

西日本新聞社「食くらし」取材班『食卓の向こう側①〜⑩』西日本新聞ブックレット、二〇〇四〜二〇〇七年。

「風土・歴史・文化を表現する球磨焼酎造りへの取り組み――寿福酒造場寿福絹子vs豊永酒造豊永史郎」『繁盛できる』第一四号、二〇〇五年。

堀田正彦講演録(上)(下)『むらとまち』一九九六年九月号、一〇月号。

前田俊彦『ドブロクをつくろう』農山漁村文化協会、一九八一年。

松尾康範『イサーンの百姓たち――NGO東北タイ活動記』めこん、二〇〇四年。

森本薫子『タイの田舎で嫁になる――野性的農村生活』めこん、二〇一三年。

山下惣一『タマネギ畑で涙して――タイ農村ふれあい紀行』農山漁村文化協会、一九九〇年。

山下惣一『タイの田舎から日本が見える』農山漁村文化協会、一九九六年。

山下惣一・大野和興『百姓が時代を創る』七つ森書館、二〇〇四年。

山下惣一・中島正『市民皆農――食と農のこれまで・これから』創森社、二〇一二年。

"IsaanBizweek" 二〇一一年八月号。

〈関連動画〉

「百年の杜――生き方が語るNGO」撮影・編集 後藤亮介、制作 法政大学国際文化学部 松本悟ゼミナール
「地場の市場と百年の森 小さい農業がひらく未来」ナレーション 後藤亮介 撮影・編集 中村修

【著者紹介】

松尾康範（まつおや・すのり）

1969年生まれ。学生時代の1990年に（特非）日本国際ボランティアセンター（JVC）の活動に関わる。1994年にJVCボランティアで1年間東北タイに滞在。1997年からJVCタイ事業担当。2000年から再びタイに駐在し、JVCタイ現地代表を経て、2004年に帰国。現在は、神奈川県横須賀市で居酒屋・百年の杜を経営する傍ら、アジア農民交流センター（AFEC）事務局長、成城大学非常勤講師を勤める。

著書＝『イサーンの百姓たち——NGO東北タイ活動記』（めこん、2004年）。

共著＝『グリーンツーリズム——文化経済学からのアプローチ』（創成社、2003年）、『地方自治体の安全保障』（明石書店、2010年）など多数。

居酒屋おやじがタイで平和を考える

二〇一八年七月一五日　初版発行

著　者　松尾康範

©Yasunori Matsuo 2018, Printed in Japan.

発行者　大江正章

発行所　コモンズ

東京都新宿区西早稲田二-一六-一五-五〇三

TEL（〇三）六二六五-九六一七

FAX（〇三）六二六五-九六一八

振替　〇〇一一〇-五-四〇〇一二〇

info@commonsonline.co.jp

http://www.commonsonline.co.jp/

印刷・東京創文社／製本・東京美術紙工

乱丁・落丁はお取り替えいたします。

ISBN 978-4-86187-153-5 C 0030

＊好評の既刊書

タイで学んだ女子大生たち 長期フィールド・スタディで生き方が変わる
●堀芳枝・波多真友子・恵泉女学園大学FS体験学習委員会編 本体1600円＋税

ラオス 豊かさと「貧しさ」のあいだ 現場で考えた国際協力とNGOの意義
●新井綾香 本体1700円＋税

徹底検証ニッポンのODA
●村井吉敬編著 本体2300円＋税

ファストファッションはなぜ安い？
●伊藤和子 本体1500円＋税

自由貿易は私たちを幸せにするのか？
●上村雄彦・首藤信彦・内田聖子ほか 本体1500円＋税

ソウルの市民民主主義 日本の政治を変えるために
●白石孝編著、朴元淳ほか著 本体1500円＋税

土から平和へ みんなで起こそう農レボリューション
●塩見直紀と種まき大作戦編著 本体1600円＋税

旅とオーガニックと幸せと WWOOF農家とウーファーたち
●星野紀代子 本体1800円＋税

この酒が飲みたい 愛酒家のための酔い方読本
●長澤一廣・山中登志子 本体1400円＋税